OPERATION
Nautilus

Wolfgang Hohlbein

Die Insel der Vulkane

Ueberreuter

Die Deutsche Bibliothek – CIP-Einheitsaufnahme

Hohlbein, Wolfgang:
Die Insel der Vulkane / Wolfgang Hohlbein. – Wien : Ueberreuter, 2002
(Reihe: Operation Nautilus)
ISBN 3-8000-2880-8

J 2549/1

Umschlagbild © Agentur Holl – Berndt
Umschlaggestaltung von Zembsch' Werkstatt, München

Druck: Ueberreuter Print
1 3 5 7 6 4 2

Ueberreuter im Internet: www.ueberreuter.de
Wolfgang Hohlbein bei Ueberreuter im Internet: www.hohlbein.com

Dieser Band erschien in veränderter Ausstattung bereits 1999 im Verlag Carl Ueberreuter

Eines muss man Tarras' Technikern lassen: Sie haben ganze Arbeit geleistet!« Trautmans Stimme drang so dumpf und verzerrt aus dem Inneren des Instrumentenpultes, als spräche er in eine leere Konservendose hinein. So ganz falsch war dieser Vergleich auch nicht. Der weißhaarige Steuermann der NAUTILUS war bis über die Schultern in dem wuchtigen Pult verschwunden und klapperte emsig darin herum. Rings um ihn waren Hunderte von Einzelteilen und Werkzeugen auf dem Boden verteilt und ab und zu blitzte es im Inneren des Pultes auf und ein Schauer blauer Funken stob an Trautmans Schultern vorbei. Mike fragte sich schon seit einer geraumen Weile, was er darin eigentlich tat.

Schnaufend richtete sich Trautman auf, legte den Lötkolben beiseite, mit dem er im Inneren des Instrumentenpultes hantiert hatte, und wischte sich mit dem Handrücken nicht nur den Schweiß aus dem Gesicht, sondern produzierte auch einen schwarzen schmierigen Streifen, der sich diagonal über sein Gesicht zog und auch einen Teil seines Bartes färbte. »Ich brauche mindestens zwei Wochen, um diesen Schrott wieder auszubauen.«

»Dann sparen Sie sich doch die Arbeit«, sagte Ben. »Mich stören die paar zusätzlichen Schalter nicht.«

»Aber mich«, antwortete Mike. »Und alle anderen auch. Wir haben doch darüber geredet, oder? Also fang nicht schon wieder an.«

Ben verdrehte die Augen, aber er widersprach zu Mikes Erleichterung auch nicht. Sie hatten dieses Gespräch in den letzten Tagen weiß Gott oft genug geführt und Ben stand mit seiner Meinung ganz allein da. Was Mike und die anderen störte, das waren natürlich nicht die paar *zusätzlichen Schalter,* von denen Ben gesprochen hatte. Es war das, was sie *bedeuteten.* Tarras' Techniker hatten die Leistungsfähigkeit der NAUTILUS in den drei Monaten, in denen das Schiff in ihrer Gewalt gewesen war, nicht nur enorm gesteigert – sie hatten auch einige Dinge hinzugefügt, die vorher nicht da gewesen waren. Das Pult, an dem sich Trautman zu schaffen machte, gehörte dazu. Es war der Kampfstand, der Platz, von dem aus man die unterschiedlichen, aber allesamt verheerenden neuen Waffen des Schiffes abfeuern konnte.

Ben versuchte es wider besseres Wissen doch noch einmal. »Immerhin haben uns die Dinger das Leben gerettet«, nörgelte er.

»Und damit haben sie ihren Zweck erfüllt«, sagte Mike. »Wir brauchen sie nicht mehr. Die NAUTILUS ist kein Kriegsschiff. Wir behalten die Torpedos, die wir immer hatten, und bauen alle anderen Mordinstrumente aus, basta!«

»Wenigstens versuchen wir es«, mischte sich Trautman ein. Kopfschüttelnd und mit finsterem Gesicht blickte er auf das halb auseinander gebaute Pult hinab. »Ich fürchte, es ist gar nicht so einfach. Das Schlimme ist, dass ich nicht wirklich verstehe, was sie da gebaut haben.«

»Dann würde ich die Finger davon lassen«, sagte Ben rasch. »Wer weiß, welchen Schaden sie sonst noch anrichten!«

Mike seufzte. »Ben ... *bitte*!«

»So ganz Unrecht hat er nicht«, sagte Trautman. »Ich habe noch nicht ganz begriffen, was die atlantischen Techniker getan haben, aber dieses Teufelsding will mich anscheinend ärgern.« Er holte mit dem Fuß aus, wie um nach dem Pult zu treten, besann sich dann aber eines Besseren und ließ es bleiben. Der Kampfstand reagierte trotzdem mit einem ärgerlichen Zischen und einem Funkenschauer auf die Drohung und Trautman machte einen raschen Schritt nach hinten.

»Wie ich es sage«, maulte Ben. »Man sollte nicht an Dingen herumschrauben, von denen man nicht genau weiß, was sie überhaupt bedeuten.«

Ein überraschend komplizierter Satz, erklang eine Stimme in Mikes Gedanken. *Wenigstens für Ben. Was meinst du: Ob er ihn noch einmal fehlerlos aussprechen kann?*

Mike unterdrückte ein Grinsen und drehte sich herum, um nach Astaroth Ausschau zu halten. Der einäugige schwarze Kater lag lang ausgestreckt auf dem Kartentisch und spielte den Schlafenden, hatte aber offensichtlich jedes Wort ihrer Unterhaltung verstanden. Wenn man die Gedanken der Menschen in seiner Umgebung lesen konnte, war das allerdings auch kein Kunststück.

»Schnüffelt er wieder in meinem Kopf herum?«, fragte Ben ärgerlich.

Ich? empörte sich Astaroth. *Wofür hält er mich? Das tue ich mir doch nicht an! Weißt du, was er zum Beispiel gerade über dich gedacht hat? Er hält dich für ein –*

»Das reicht, Astaroth«, sagte Mike streng. Er war der Einzige an Bord, der die telepathische Stimme des Katers verstand, und so praktisch dies war, erwies es sich auch oft genug als Last. Astaroth war nämlich nicht nur der mit Abstand intelligenteste Kater der Welt, er war auch der schwatzhafteste. Laut und an Ben gewandt fügte Mike hinzu: »Nein, das hat er nicht. Aber er hat heute anscheinend wieder einen seiner lustigen Tage.«

Du hast mich noch nicht erlebt, wenn ich wirklich zum Scherzen aufgelegt bin, drohte Astaroth und öffnete träge sein einziges Auge. Mike zog es vor, lieber nicht über diese Bemerkung nachzudenken. Vielleicht war es sowieso besser, wenn er den Raum verließ. Die Stimmung war nicht sonderlich gut. Trautman war gereizt, weil er seit Tagen an den Instrumenten herumbastelte, ohne wirklich zu seinem Ziel zu kommen, und Ben hatte sich wohl darauf verlegt, den großen Nörgler zu spielen um sie von ihrem Vorhaben abzubringen. Und auch er selbst war nicht unbedingt in der allerbesten Laune. Ohne ein weiteres Wort drehte er sich herum und verließ den Salon.

Er wollte zu seiner Kabine gehen, entschied sich dann aber anders und stieg die Wendeltreppe zum Turm hinauf. Die schwere Panzertür zum Turm glitt lautlos vor ihm zur Seite, als er sich ihr näherte, und Mike ertappte sich dabei ganz leicht zusammenzufahren. Obwohl sie seit einer Woche unterwegs waren, hatte er sich noch immer nicht an alle Veränderungen gewöhnt, die die atlantischen Ingenieure an der NAUTILUS vorgenommen hatten. Trautman hatte ihm zwar das technische Prinzip erklärt, das hinter dieser Mechanik steckte, aber Mike kam es nach wie vor wie Zauberei vor, dass sich Türen von selbst vor ihm öffneten oder das Licht in einem Raum anging, sobald er es sich auch nur wünschte.

Mike betrat den Turm, warf einen kurzen Blick durch eines der mannsgroßen Bullaugen und stellte fest, dass die NAUTILUS noch immer reglos durch das Wasser trieb. Trautman hatte die Maschinen abgeschaltet, solange er an den Kontrollinstrumenten herumbastelte, und sie waren daher manövrierunfähig. Nach allem, was sie erlebt hatten, fühlte er sich einfach nicht gut bei dem Gedanken, hilf- und wehrlos zu sein.

Ich denke schon wie Ben! dachte er spöttisch. Die Welt bestand nicht nur aus Feinden. Auch wenn sie in letzter Zeit mehr als genug davon getroffen hatten, so hatten sie doch in den Jahren, in denen sie mittlerweile auf der NAUTILUS fuhren, auch eine Menge fantastischer Dinge erlebt und gesehen, von denen die meisten Menschen auf der Welt nicht einmal zu träumen wagten. Alles in allem wäre eine Bilanz ihres Lebens auf der NAUTILUS doch positiv ausgefallen; auch wenn es dann und wann einmal haarig wurde.

Mike stieg über die kurze Leiter nach oben, öffnete die Turmluke und streckte die Nase in den Wind, der sich mit einem leisen Heulen und Wimmern an den bizarren Aufbauten des Schiffes brach. Er war warm, so wie auch das Wasser, durch das die NAUTILUS trieb, lauwarm war. Sie befanden sich irgendwo im Indischen Ozean – Mike wusste nicht einmal genau, wo. Die NAUTILUS war eine Woche lang mit voller Kraft gelaufen und ihre Maschinen entwickelten nun tatsächlich fast die doppelte Geschwindigkeit wie früher. Nicht einmal das schnellste Schiff der Welt hätte sie jetzt noch einholen können.

Aber sie waren gar nicht auf der Flucht vor irgendjemandem. Trautman war es einzig darum gegangen, die NAUTILUS in den Bereich der Weltmeere zu steuern, der möglichst weit weg von allen befahrenen Schifffahrtsrouten lag. Um die unerwünschten Umbauten an der NAUTILUS wieder rückgängig zu machen, mussten sie möglicherweise die gesamte Energieversorgung des Schiffes lahm legen – und dann wären sie *wirklich* für Stunden, wenn nicht gar Tage, vollkommen hilflos.

Mike kletterte ganz auf den Turm hinauf und vergaß Trautman und seine Maschinen schlagartig, als er sah, wer am Heck des Schiffes saß. Es waren Serena und Chris. Serena hatte die Schuhe ausgezogen und ließ die Füße ins Wasser baumeln, während Chris an der riesigen Heckflosse der NAUTILUS lehnte und sich lachend mit ihr unterhielt. Der Anblick hob Mikes Stimmung ein wenig. Sie waren alle noch zu Tode erschöpft. Vor allem Chris waren die Entbehrungen während der monatelangen Zwangsarbeit in den Eisenminen Lemuras noch deutlich anzusehen. Aber sie hatten wieder lachen gelernt. Es würde vielleicht noch lange dauern, bis die gewohnte Fröhlichkeit wieder an Bord der NAUTILUS Einzug hielt, aber sie würde kommen.

Serena und Chris unterbrachen ihr Gespräch, als Mike vom Turm herunterkletterte und auf sie zuging. Serena lächelte ihm zu, während sich Chris von der Heckflosse abstieß, grüßend die Hand hob und dann an ihm vorbeiging um das Schiff auf dem gleichen Weg zu betreten, auf dem er es verlassen hatte.

Mike sah ihm verwirrt nach. »Wieso geht er, wenn ich komme?«, fragte er. »Habt ihr Geheimnisse vor mir?« Die Frage war nicht ernst gemeint und Serena lächelte. »Wir haben über nichts

Besonderes gesprochen«, sagte sie. »Über dies und das, sozusagen.«

Mike dachte eine Sekunde lang über diese Bemerkung nach, dann begriff er. »Ihr habt über *mich* geredet.«

Serena lachte, stand auf und sprang mit einem Hechtsprung ins Wasser. Geschickt und elegant wie ein Fisch schoss sie dicht unter der Wasseroberfläche dahin, tauchte in gut zwanzig Metern Entfernung wieder auf und hob beide Hände um zu winken. »Komm rein!«, rief sie. »Das Wasser ist herrlich!«

Warum eigentlich nicht? dachte Mike. Er hatte nichts vor und das Meer war in dieser Gegend tatsächlich lauwarm. Rasch schlüpfte er aus Hemd und Schuhen, nahm einen kurzen Anlauf und sprang ebenfalls ins Wasser. Es war noch wärmer, als er erwartet hatte, und prickelte sonderbar auf der Haut; nicht unangenehm, aber seltsam. Außerdem hatte es einen ganz leicht bitteren Geschmack.

Serena kraulte auf ihn zu, tauchte plötzlich unter und griff nach seinem Fuß, um ihn spielerisch in die Tiefe zu ziehen. Mike holte tief Luft, ehe er sich auf die Balgerei einließ. Er wusste, dass er keine Chance gegen Serena hatte; nicht im Wasser. Das hatte niemand. Serena bewegte sich im Wasser so schnell und geschickt, als wäre sie in diesem Element geboren und aufgewachsen.

Bestimmt eine Viertelstunde tollten und balgten sie ausgelassen und fröhlich herum, bis Mike so erschöpft war, dass er einfach nicht mehr konnte. Noch immer lachend und wassertretend bewegte er sich auf der Stelle und Serena schwamm wieder auf ihn zu.

»Was ist los mit dir, du tapferer Held?«, neckte sie ihn. »Kannst du etwa schon nicht mehr? Also ich werde gerade erst richtig warm.«

»Ich bin ja schließlich auch kein halber Fisch«, verteidigte sich Mike. Er schluckte Wasser, hustete und stellte erneut fest, dass es einen sehr seltsamen Beigeschmack hatte.

»Was soll das heißen?« Serena runzelte in gespieltem Zorn die Stirn und drohte ihm mit der Faust. »Dass ich ein Fischgesicht habe oder wie ein Hering stinke?«

Tatsächlich verspürte er einen leisen, aber sehr unangenehmen Geruch, als Serena näher kam. Irgendetwas Verdorbenes musste in ihrer Nähe im Wasser treiben. Vielleicht ein toter Fisch oder faulendes Seegras. »Ganz im Gegenteil«, sagte er hastig. »Wenn ich dich so ansehe, bekomme ich weiche Knie. Ich fürchte, meine Kräfte versagen gleich. Du wirst mich wohl retten müssen.«

»Ich denke ja nicht daran«, antwortete Serena lachend, verschränkte die Arme vor der Brust und schwamm auf dem Rücken ein kleines Stück von Mike fort. Mike verdrehte die Augen, schnappte übertrieben nach Luft und ließ sich wie ein Stein in die Tiefe sinken und Serena ging auf das Spiel ein und tauchte ihm nach. In zwei oder drei Metern Tiefe holte sie ihn ein, umschlang ihn mit den Armen und trug ihn mit raschen, kraftvollen Schwimmbewegungen wieder zur Oberfläche hinauf.

Mike spielte weiter den Ertrinkenden. Er genoss es, Serenas Nähe zu fühlen. In ihrer Umarmung wurde ihm angenehm warm.

Dann heiß.

Mike öffnete mit einem Ruck die Augen und sah, dass sich auch auf Serenas Gesicht ein halb erschrockener, halb nachdenklicher Ausdruck ausgebreitet hatte. »Was ist das?«, fragte sie. Sie ließ ihn los, trieb einen Meter ab und bewegte die Arme, um sich auf der Stelle zu halten.

Das Wasser wurde immer wärmer. Es war jetzt schon fast unangenehm. Wenn die Temperatur noch ein bisschen weiter stieg, würde es *wehtun.* Auch der sonderbare Geschmack war stärker geworden und der Geruch erinnerte Mike jetzt eindeutig an faule Eier.

»Gehen wir ins Schiff zurück«, sagte er. »Das gefällt mir nicht.«

Serena nickte nur. Wortlos drehte sie sich im Wasser herum und schwamm auf die NAUTILUS zu und auch Mike griff nach Kräften aus. Während sie herumtollten, hatten sie sich gute fünfzig oder sechzig Meter weit von dem Tauchboot entfernt; für zwei so geübte Schwimmer wie sie keine nennenswerte Entfernung – und vielleicht trotzdem zu viel.

Das Wasser wurde immer heißer. Große, ölig schimmernde Blasen stiegen an seine Oberfläche und platzten und der Gestank nach faulen Eiern wurde immer stärker. Da und dort begann das Meer zu dampfen und das Wasser brannte so heftig in seinen Augen, dass er kaum noch richtig sehen konnte. Und nun hatte er auch noch das Gefühl, dass sich irgendwo tief unter ihnen etwas regte ... als wäre der gesamte Meeresboden in Bewegung gekommen. Mike begann zu ahnen, was geschah, und die bloße *Vorstellung* gab ihm noch einmal neue Kraft. Fast so schnell wie Serena schwamm er auf die NAUTILUS zu.

Trotzdem erreichte sie das Schiff vor ihm, kletterte mit hastigen Bewegungen auf den Rumpf hinauf und drehte sich herum, um ihm die Hand entgegenzustrecken. Mike schwamm noch schneller, griff nach Serenas Hand und zog sich mit zusammengebissenen Zähnen auf das Deck hinauf. Das Wasser war so heiß, dass er beinahe vor Schmerz aufgeschrien hätte.

Keuchend ließ er sich auf die Knie sinken. Er konnte immer noch nicht richtig sehen. Alles verschwamm vor seinen Augen, auch nachdem er sich das Wasser aus dem Gesicht gewischt hatte. Seine Haut brannte, als hätte er in Säure gebadet.

»Was ... was ist das?«, stammelte Serena.

Mike war noch immer zu sehr außer Atem, um antworten zu können. Mühsam wandte er den Kopf und sah sich um. Rings um die NAUTILUS schien das Meer zu kochen. Millionen faustgroßer, schimmernder Blasen stiegen an seine Oberfläche und entließen ihren übel riechenden Inhalt und der Dampf war so dicht geworden, dass die NAUTILUS wie in einer dichten Nebelwand eingeschlossen zu sein schien. Auf der zuvor fast unbewegten Wasseroberfläche hatten sich Wellen gebildet, die immer höher wurden.

»Nichts wie rein!«, keuchte er. »Rasch!«

So schnell sie konnten, rappelten sie sich hoch, liefen zum Turm und kletterten hinein. Mike warf den Deckel über sich zu und verriegelte ihn sorgfältig, ehe er hinter Serena in die Tiefe kletterte. Im Vorbeirennen warf er noch einen Blick aus dem großen Bullauge.

Was er sah, erschreckte ihn zutiefst. Das Meer rings um die NAUTILUS kochte nun tatsächlich. Alles, was weiter als zwanzig oder fünfundzwanzig Meter entfernt war, war hinter einer brodelnden grauen Wand verschwunden, die sogar das Sonnenlicht zu verschlucken begann. Draußen schien die Welt untergehen zu wollen.

Mike riss sich von dem schrecklichen Anblick los und raste die Wendeltreppe zum Salon hinunter. Die Metallstufen bebten unter seinen Füßen. Das Schiff zitterte unter der Kraft der Wellen, die gegen seinen Rumpf klatschten, aber er spürte auch einen zweiten, gleichmäßigen Rhythmus. Trautman hatte die Gefahr wohl ebenfalls bemerkt und die Motoren gestartet.

Auch im Salon herrschte helle Aufregung, als Mike und Serena hereinstürzten. Trautman hantierte hektisch und mit verbissenem Gesicht an den Kontrollinstrumenten und Singh, Ben, Chris und Juan standen vor dem großen Aussichtsfenster und sahen dem Drama zu, das sich außerhalb der NAUTILUS anbahnte. Der Himmel über dem Meer war verschwunden, alles war grau und tobend; ein einziges, apokalyptisches Chaos.

Trautman sah hoch. Seine Augen weiteten sich vor Schrecken, als er Serena und Mike sah. »Mein Gott!«, keuchte er. »Wart ihr etwa im Wasser?«

»Uns ist nichts passiert«, sagte Mike rasch. Das entsprach nicht ganz der Wahrheit. Er hatte sich einige üble Verbrühungen zugezogen und seine Augen brannten noch immer wie Feuer und er konnte nicht richtig sehen. Aber wenn das, was er befürchtete, tatsächlich wahr wurde, dann waren sie alle in höchster Gefahr.

»Wie lange noch?«, fragte er.

Trautman verstand sofort, was Mike meinte. »Mindestens noch zwei Minuten«, sagte er. Die neuen Maschinen, die die

Atlanter eingebaut hatten, besaßen bei gesteigerter Leistung einen entscheidenden Nachteil: Sie mussten vier oder fünf Minuten warm laufen, ehe sich das Schiff auch nur in Bewegung setzen konnte.

»Was ... was geschieht denn hier überhaupt?«, murmelte Serena.

Trautman betätigte seine Instrumente, ehe er antwortete. Die Maschinen der NAUTILUS rumorten lauter, aber das Schiff weigerte sich, auch nur einen Zentimeter von der Stelle zu rücken. Dafür schwankte es immer mehr auf den Wellen. »Ich fürchte, wir befinden uns mitten in einem Vulkanausbruch«, sagte Trautman. »Präzise ausgedrückt: genau darüber.«

»Ein ... *Vulkan?«,* wiederholte Serena ungläubig. »Aber das Meer ist hier –«

»Zweitausend Meter tief«, unterbrach sie Trautman. Seine Stimme klang immer nervöser. »Und das ist wahrscheinlich der einzige Grund, aus dem wir noch leben.«

Er riss wieder an den Kontrollinstrumenten und diesmal setzte sich die NAUTILUS tatsächlich in Bewegung, wenn auch viel langsamer, als Mike lieb gewesen wäre.

»Gott sei Dank!«, seufzte Ben. »Jetzt aber nichts wie weg hier.«

»O verdammt«, murmelte Trautman plötzlich. Und dann schrie er: *»Haltet euch fest! Da kommt etwas hoch!«*

Mike sah erschrocken zu Trautman zurück, dann wieder zum Fenster. Die NAUTILUS hatte Fahrt aufgenommen und wurde nun zusehends schneller, aber irgendetwas stimmte mit dem Meer nicht. Das Sprudeln der Millionen Blasen hatte aufgehört und auch die Wellen verebbten zusehends. Für einen Moment war die Wasseroberfläche fast unheimlich hell und so glatt wie ein großer, türkisfarbener Spiegel.

Dann explodierte sie.

Mike konnte regelrecht spüren, wie irgendetwas ungeheuer Großes aus der Tiefe des Ozeans emporstieg, und in der nächsten Sekunde wölbte sich das Wasser hinter der NAUTILUS schäumend hoch, hoch und immer noch höher, bis es zu einem regelrechten Berg angewachsen war, neben dem die NAUTILUS wie ein Spielzeug wirkte.

Was hinter der NAUTILUS durch die Wasseroberfläche brach, war keine Lava oder Feuer, sondern eine gewaltige, kochend heiße Dampfblase, die immer noch weiter und weiter wuchs und schließlich mit einem ungeheuerlichen Donnerschlag zerplatzte. Die NAUTILUS wurde davongewirbelt wie ein Blatt im Sturm, legte sich auf die Seite und drohte für einen schrecklichen Moment ganz zu kentern. Mike wurde ebenso wie alle anderen einfach von den Füßen gerissen und quer durch den Salon geschleudert. Glas zerbrach klirrend. Bücher stürzten aus den Regalen, Möbel fielen um und alle schrien vor Schmerz und Schrecken durcheinander. Die NAUTILUS begann sich wie ein Kreisel zu drehen und aus dem Motorengeräusch wurde ein gequältes Stampfen und Dröhnen. Mike hatte das Gefühl, dass das Schiff rings um ihn herum in Stücke brechen würde.

Er versuchte vergeblich auf die Füße zu kommen, schlug ein zweites Mal der Länge nach hin und sah aus den Augenwinkeln, dass Trautman irgendwie das Kunststück fertig gebracht hatte, sich am Steuerpult in die Höhe zu ziehen. Mit einer fast verzweifelt wirkenden Bewegung stieß er den großen Beschleunigungshebel ganz nach vorne. Die Motoren der NAUTILUS brüllten auf. Das Schiff drehte sich noch immer wie ein Kreisel auf der kochenden Meeresoberfläche, aber Mike spürte auch, wie die mächtigen Maschinen endlich ihre ganze gewaltige Kraft entfalteten und das hundert Meter lange Tauchboot regelrecht von der Stelle katapultierten. Aus dem wilden Kreiseln wurde eine immer flacher werdende Spirale, bis sich die NAUTILUS schließlich in fast gerader Richtung von dem gewaltigen Sog entfernte, der hinter ihr entstanden war.

Mike arbeitete sich mühsam in die Höhe, kümmerte sich zuerst um Serena und überzeugte sich dann mit einem raschen Blick davon, dass auch alle anderen unverletzt geblieben waren. In dem großen Raum war so ziemlich alles von seinem Platz geschleudert und zerbrochen worden, was nicht niet- und nagelfest war, und auf den Gesichtern aller stand das blanke Entsetzen geschrieben.

Mike drehte sich wieder zum Fenster. Trautman ließ die Maschinen noch immer mit voller Kraft laufen, sodass sich die NAUTILUS zusehends von der Stelle entfernte, an der der unterseeische Vulkan ausgebrochen war. Das Wasser kochte und sprudelte noch immer. Mike konnte keinen Feuerschein entdecken, aber die Hitze des Vulkans, der zweitausend Meter unter dem Meeresspiegel ausgebrochen war, verwandelte das Wasser schlagartig in Dampf, der in riesigen Blasen aufstieg und die Meeresoberfläche in einer nicht enden wollenden Kette gewaltiger Explosionen zerriss. Sie waren schon Meilen vom Ort des Geschehens entfernt und trotzdem zitterte und wankte die

NAUTILUS noch immer heftig. Mike wagte sich nicht einmal vorzustellen, was geschehen wäre, hätte sich die NAUTILUS unmittelbar im Zentrum der Dampfexplosion befunden.

Er schien nicht der Einzige zu sein, dessen Gedanken sich in dieser Richtung bewegten. »Puh«, machte Ben. »Das war verdammt knapp ... Ein bisschen zu knapp für meinen Geschmack«, fügte er mit einem schrägen Blick in Trautmans Richtung hinzu.

»Für meinen auch«, antwortete Trautman. Aber dann zwang er sich zu einem Lächeln, seufzte hörbar erleichtert und sagte: »Aber es ist vorbei.«

Er hatte das letzte Wort noch nicht einmal ganz ausgesprochen, als der Horizont vor ihnen in einem grellen weißen Lichtblitz explodierte.

Die Insel bot einen Anblick der Verwüstung. Jedenfalls nahm Mike an, dass es einmal eine Insel gewesen war. Ganz sicher war er nicht. Was sich ungefähr eine Seemeile vor der NAUTILUS aus dem Meer erhob, das erinnerte eher an einen gigantischen Mohrenkopf, aus dem ein Riese ein gewaltiges Stück herausgebissen hatte. Der Berg war regelrecht halbiert. Wenn er jemals einen Krater gehabt hatte, so war er nun verschwunden; der Gipfel und die südliche Hälfte des Berges waren regelrecht weggesprengt, sodass sein Inneres bloß lag. Mike gewahrte rauchenden Stein und poröse Lava, zwischen der es hier und da noch immer dunkelrot glühte. So wie der Berg war auch die südliche Hälfte der gesamten Insel verschwunden. Geblieben war ein zerbrochener Ring aus Riffen und dampfender Lava, der sich bereits mit Wasser gefüllt hatte. Über diesem auf gewaltsame Weise entstandenen Atoll lag noch immer eine dicke Nebelbank aus Dampf und über dieser wiederum brodelte eine braun-schwarze Wolkendecke, die nur ganz allmählich auseinander trieb. Mike hatte nicht auf die Uhr gesehen, aber er schätzte, dass seit der Explosion mindestens eine Stunde vergangen war. Trotzdem roch die Luft noch immer verbrannt und der Wind, der ihnen in die Gesichter blies, war unangenehm warm.

»Unglaublich«, murmelte Chris. »Was ist denn hier passiert? Das ... das war doch kein normaler Vulkanausbruch!«

Seine Stimme klang in der unheimlichen Stille, die sich über dem Meer ausgebreitet hatte, sonderbar fremd und Mike konnte die Furcht, mit der ihn der schauderhafte Anblick erfüllte, deutlich heraushören. Ihm selbst erging es kaum anders. Sie waren nicht in Gefahr. Der Ausbruch war vorüber und selbst wenn der zerbrochene Berg in diesem Moment wieder anfangen sollte, Feuer und Lava zu speien, konnte ihnen nichts passieren. Die NAUTILUS befand sich weit genug von dem entfernt, was von der Vulkaninsel übrig geblieben war. Die Motoren summten im Leerlauf. Sie waren zwar alle auf das Deck heraufgekommen, um die Insel zu betrachten, konnten aber, wenn es sein musste, binnen einer Minute tauchen und sich mit Höchstgeschwindigkeit vom Ort des Geschehens entfernen.

Trautman antwortete mit einiger Verspätung auf Chris' Frage. »Doch, das war es. Vulkanausbrüche bestehen nicht immer aus glühender Lava, die in den Himmel geschleudert wird. Das ist nur bei aktiven Vulkanen so.«

»Der da sieht *ziemlich* aktiv aus«, sagte Ben betont, aber Trautman schüttelte nur den Kopf.

»Ich vermute, dass er Jahrhunderte lang ruhig war, vielleicht sogar Jahrtausende«, antwortete er. »Der Krater ist verstopft, manchmal nicht einmal mehr zu sehen. Wenn dann glühende Lava aus dem Erdinneren heraufströmt, findet sie keinen Ausweg. Der Druck steigt immer mehr – so als würdest du bei einem Kochtopf den Deckel zubinden, verstehst du? Irgendwann findet der Druck einen Ausweg – entweder durch einen neuen Krater, eine poröse Stelle im Gestein ... und manchmal explodiert der ganze Berg. So wie hier.«

»Sie verstehen eine Menge davon, wie?«, fragte Ben.

Trautman schüttelte den Kopf. »Nicht genug, fürchte ich. Mein Gott, und ich hatte schon überlegt, diese Insel anzulaufen und in Ruhe die notwendigen Umbauten vorzunehmen. Ich wage mir gar nicht vorzustellen, was passiert wäre!«

»Ist es ja schließlich nicht«, sagte Mike in bewusst fröhlichem Ton. »Seit wann machen wir uns Gedanken über Dinge, die *hätten passieren können?*«

Trautman warf ihm einen schrägen Blick zu, der deutlich machte, dass er mit Mikes Worten nicht unbedingt einverstanden war, widersprach aber nicht, sondern zuckte nur mit den Schultern und hob den Feldstecher, den er an einem Lederband um den Hals trug, an die Augen.

»Ob dort wohl Menschen gelebt haben?«, fragte Serena schaudernd.

»Ich glaube nicht«, antwortete Mike rasch. »Die meisten dieser kleinen Inseln hier sind unbewohnt.«

Er hoffte es wenigstens. *Wenn* auf diesem kleinen Eiland tatsächlich Menschen gelebt hatten, dann mussten sie tot sein. Kein menschliches Wesen konnte den Urgewalten widerstehen, die *solche* Zerstörungen anzurichten im Stande waren.

»Ich fürchte, ich muss dich enttäuschen«, sagte Trautman leise. Er senkte den Feldstecher, streifte mit der linken Hand das dünne Lederband über den Kopf und reichte das Glas mit der anderen an Mike weiter. »Rechts. Unten am Strand, neben dem großen Felsen. Siehst du es?«

Mike setzte das Fernglas an und schwenkte es hin und her, brauchte aber ein paar Sekunden, bis auch er sah, was Trautman entdeckt hatte. Dann erschrak er zutiefst. Direkt neben einem großen, sehr auffällig geformten Felsen ragte etwas aus dem Boden, was er im ersten Augenblick ebenfalls für nichts anderes als zerborstene Steine gehalten hatte. Auf den zweiten Blick erkannte er, was es wirklich war: Die zusammengebrochenen Überreste eines aus großen Steinquadern errichteten Gebäudes.

»Das sieht sehr alt aus«, sagte er nachdenklich. »Wie eine Art Tempel oder so etwas.« Er reichte das Glas an Ben weiter, der bereits ungeduldig die Hände ausgestreckt hatte. »Es könnte Jahrhunderte alt sein.«

»Es sieht vor allem sehr *kaputt* aus«, sagte Ben, nachdem er ebenfalls einige Sekunden lang durch das Fernglas geblickt hatte. »Da drinnen hat bestimmt keiner überlebt.«

»Das meine ich nicht«, sagte Mike. »Dieser Tempel oder was auch immer es ist, könnte seit ein paar hundert Jahren dort stehen. Es ist nicht gesagt, dass dort wirklich Menschen gelebt haben.«

»Ich möchte mich trotzdem davon überzeugen«, sagte Trautman. »Es kostet uns nur eine halbe Stunde, um die Insel herumzufahren. Bleibt ruhig hier, wenn ihr wollt. Ich steuere die NAUTILUS vom Turm aus.«

Er drehte sich herum, kletterte rasch die eiserne Leiter zum Turm hinauf und verschwand in der Luke. Kaum hatte er es getan, da erschien Astaroth über der Turmluke. Er machte keine Anstalten, sich zu ihnen zu gesellen, sondern machte es sich auf dem Turm gemütlich und sah zu dem halbierten Berg hin. *Spürst du etwas?* dachte Mike.

Ja, antwortete Astaroth. *Hunger. Ihr habt vor lauter Sensationsgier nämlich vergessen, dass schon Mittag ist.*

Das meine ich nicht, antwortete Mike ärgerlich. *Was ist mit der Insel? Gibt es dort Menschen?*

Keine Ahnung, sagte Astaroth. *Die Entfernung ist zu groß. Und selbst wenn ...*

»Selbst wenn was?«, fragte Mike, diesmal laut, damit auch die anderen hörten, dass er mit dem Kater sprach.

Astaroth gähnte ungeniert, aber seine gedankliche Stimme klang nicht so entspannt, wie er aussah. *Da ... ist irgendetwas.*

»Was hat er?«, fragte Serena nervös.

Mike zuckte die Achseln. »Ich glaube, er spürt etwas«, antwortete Mike. »Aber ich weiß nicht, was.« *Was ist es, Astaroth? Ein Mensch?*

Ich weiß es nicht! erwiderte Astaroth unwillig. *Etwas ... leidet. Ich fühle große Schmerzen. Und noch größere Furcht.*

»Ein Mensch?«

Bin ich allwissend? nörgelte Astaroth. *Habe ich Löcher in den*

Pfoten oder kann ich über Wasser laufen? Wofür hältst du mich?

Willst du das wirklich wissen? fragte Mike.

Astaroth schenkte ihm einen giftigen Blick, enthielt sich aber jedes Kommentars, sondern blickte wieder konzentriert zu der halben Insel hinüber. Einen Augenblick später begann das Deck unter ihren Füßen sanft zu zittern und das Motorengeräusch wurde lauter. Der Bug der NAUTILUS schwenkte herum, bis die Insel nicht mehr vor ihnen lag, sondern an Steuerbord. Gleichzeitig nahm das gewaltige Unterseeboot Fahrt auf.

Trautman ließ die NAUTILUS nicht annähernd so schnell laufen, wie er es gekonnt hätte, und hielt auch einen weit größeren Abstand ein, als notwendig gewesen wäre. Offenbar traute er dem friedlichen Anblick doch nicht so sehr, wie er gerade selbst behauptet hatte.

Je mehr sie sich der Insel näherten, desto mehr konnte Mike Trautmans Vorsicht auch verstehen. Der halbierte Berg zog langsam an ihnen vorüber und die Hitze stieg im gleichen Maße, in dem sie dem Ufer näher kamen. Die Luft roch so durchdringend nach Schwefel, dass das Atmen mühsam wurde.

Sie sprachen nur sehr wenig, während die NAUTILUS die Insel umrundete. Mike warf dann und wann einen Blick zu Astaroth hin, der reglos auf dem Turm hockte und den Berg mit angelegten Ohren anstarrte, stellte aber keine Frage. Trotz seines vorlauten Mundwerks war Astaroth sehr zuverlässig, wenn es darauf ankam. Wenn er irgendetwas entdeckte, würde er es ihm sofort sagen.

Schließlich hatte die NAUTILUS die andere Seite des Eilands

erreicht und glitt um einen gewaltigen Felsen, der wie ein steinerner Wachtposten aus dem Meer ragte. Dahinter befand sich eine weit geschwungene, flache Bucht, die in einen weißen, von dichtem Dschungel begrenzten Sandstrand überging.

Mike konnte einen entsetzten Aufschrei kaum noch unterdrücken.

Die Insel musste noch vor zwei Stunden einen wahrhaft paradiesischen Anblick geboten haben. Jetzt sah sie aus wie ein Vorhof der Hölle.

Der Strand war von einer hellgrauen, pulverigen Ascheschicht bedeckt, aus der hier und da noch dünne Rauchfäden aufstiegen. Der Dschungel, der diesen Strand einst begrenzt hatte, war zu einer schwarzen Albtraumlandschaft verbrannt. Die Palmen hatten keine Blätter mehr und ihre Stämme waren zu schwarzen Strunken verkohlt. Überall zwischen den Bäumen brannte es noch.

Das Schlimmste aber war das halbe Dutzend Hütten, das auf dem Strand stand – genauer gesagt das, was davon übrig geblieben war. Es waren keine steinernen Bauten wie der Tempel, den sie auf der anderen Seite der Insel gesehen hatten, aber auch keine Bambus- oder Strohhütten, sondern fünf oder sechs in aller Hast errichtete Wellblechhütten, die vermutlich auch keinen besonders hübschen Anblick geboten hatten, als sie noch intakt gewesen waren. Jetzt bestanden sie nur noch aus einem wirren Haufen von zerfetztem, ausgeglühtem Blech. Ein tonnenschwerer Lavablock war wie ein Geschoss vom Himmel gestürzt und hatte die kleine Hüttensiedlung mit der Wucht einer Bombe getroffen.

»Dort!« Serenas ausgestreckter Arm deutete nach rechts, und als Mikes Blick der Geste folgte, sah er das zertrümmerte Heck eines kleinen Schiffes aus dem Wasser ragen. Auch Trautman schien das Boot im selben Augenblick gesehen zu haben, denn die NAUTILUS verlor deutlich an Fahrt und änderte zugleich ihren Kurs, sodass sie nun direkt auf das Schiffswrack zuhielt.

Wieder einmal erwies sich Trautman als wahrhaft meisterlicher Kapitän, denn als die NAUTILUS schließlich zur Ruhe kam, befand sie sich weniger als einen Meter neben dem gesunkenen Schiff. Mike verständigte sich mit einem raschen Blick mit Singh, dann sprang er ohne zu zögern auf das Schiffswrack hinab und der Inder folgte ihm auf dieselbe Weise. Das Boot schaukelte fühlbar unter ihnen; offensichtlich lag es nicht auf Grund, sondern trieb frei im Wasser. Dabei hätte es eigentlich wie ein Stein sinken müssen, dachte Mike. Das Schiff war wesentlich größer, als sie im ersten Moment angenommen hatten, und bestand nicht aus Holz, sondern aus Eisen. Vielleicht war in seinem Heck eine große Luftblase eingeschlossen, die es an der Wasseroberfläche hielt. »Ich tauche«, sagte Singh knapp. »Sieh dich hier um.« Er deutete auf das zerborstene Heck des Schiffes, holte tief Luft und verschwand mit einem Hechtsprung im Wasser, während Mike die Arme ausbreitete, um auf dem schwankenden Boden das Gleichgewicht zu halten, und sich dem gewaltigen Riss näherte, der im hinteren Teil des Schiffes gähnte.

Er sah nichts anderes, als er erwartet hatte, aber der Anblick war erschreckend genug: Unter ihm lag das, was einmal der Maschinenraum des Schiffes gewesen sein musste. Jetzt glich es eher dem Hof eines Schrotthändlers. Etwas hatte das zwei Zentimeter dicke Eisen des Rumpfes wie Papier zerfetzt und im Schiffsinneren alles kurz und klein geschlagen. Und was immer es gewesen war, musste heiß wie die Hölle gewesen sein, denn das eingedrungene Wasser sprudelte noch immer. Wasserdampf schlug Mike entgegen und ließ ihn den Gedanken, ins Innere des Schiffes hinabzutauchen, auf der Stelle wieder vergessen.

Auf der anderen Seite des Schiffes tauchte jetzt Singh auf, nach überraschend kurzer Zeit, wie Mike fand. Prustend schwang er sich auf den Schiffsrumpf hoch und spuckte Wasser aus. »Es schmeckt grauenhaft«, sagte er schwer atmend. »Und es ist heiß. Als ob man in schlecht gewordener Fischsuppe baden würde. Im Rumpf scheint eine Luftblase zu sein. Groß genug für einen Überlebenden. Aber ich komme nicht rein. Unmöglich, länger als ein paar Augenblicke unter Wasser zu bleiben.«

»Das ist auch nicht nötig«, antwortete Mike. »Wozu haben wir jemanden an Bord, der unter Wasser atmen kann?« Mike drehte sich zur NAUTILUS herum. »Astaroth!«

Astaroth rührte sich nicht, antwortete aber mit seiner Gedankenstimme. *Ich denke nicht daran, in diese Brühe zu tauchen. Sehe ich aus wie ein eingelegter Hering?*

»Astaroth!«, sagte Mike laut und ziemlich wütend. »Du wirst sofort in dieses Wrack hinuntertauchen!«

Fällt mir nicht ein, antwortete Astaroth patzig. *Das wäre auch vollkommen sinnlos. Da unten ist niemand.* Mike warf einen raschen Blick zu Singh, hielt es aber angesichts dessen finsteren Gesichtsausdrucks für besser, ihm diesen Teil von Astaroths

Antwort zu verschweigen. *Warum hast du das nicht gleich gesagt?*

Niemand hat mich gefragt, antwortete Astaroth. Mike formulierte keine Antwort in Gedanken, aber Astaroth schien trotzdem etwas darin zu lesen, was ihm klarmachte, dass Mikes Vorrat an Humor im Augenblick ziemlich begrenzt war, denn er fügte hastig hinzu: *Ich war nicht ganz sicher. Aber ich glaube, es kommt vom Ufer.*

»Was ist los?«, rief Ben vom Schiff aus. »Wieso reagiert er nicht?«

»Astaroth meint, es könnte einen Überlebenden an Land geben«, antwortete Mike.

»Das ist nicht sein Ernst!« Ben riss ungläubig die Augen auf. Sie waren noch ein gutes Stück vom Strand entfernt, aber selbst von hier aus konnte man erkennen, dass die Zerstörung total war. Es war schwer vorstellbar, dass dort noch jemand am Leben sein sollte. Aber wenn auch nur die geringste Chance bestand, dass dort noch ein Mensch am Leben war, dann konnten sie nicht einfach abfahren und so tun, als hätten sie nichts gemerkt.

Mike und Singh sprangen auf den Bug der NAUTILUS zurück. Mike winkte Trautman im Turm des Schiffes zu und deutete dann auf die zerstörte Hüttensiedlung. Er konnte Trautmans Reaktion nicht erkennen, aber einen Moment später setzte sich die NAUTILUS erneut in Bewegung und hielt auf den Strand zu.

Sie konnten nicht ganz bis ans Ufer heranfahren, da der Tiefgang der NAUTILUS zu groß war. Das Schiff hielt in dreißig oder vierzig Metern Entfernung an und Mike, Singh und Juan begannen hastig das kleine Beiboot aus der Haltevorrichtung am Heck zu lösen. Sie hätten das kurze Stück mühelos schwimmen können, aber nach Singhs Worten hatte niemand mehr Lust, ins Wasser zu gehen; Singh am allerwenigsten.

»Ihr wollt da wirklich hin?«, fragte Ben, nachdem sie das Boot ins Wasser gelassen hatten und hintereinander hineinkletterten. Er warf einen schrägen Blick zum Berg hoch. Von dieser Seite aus sahen die Zerstörungen gar nicht so schlimm aus, aber der verbrannte Wald und die aschefarbene Wolke am Himmel über der Insel sprachen eine sehr deutliche Sprache.

Auch Mike war nicht besonders wohl in seiner Haut, aber er nickte trotzdem. »Wir sind vorsichtig«, sagte er. »Und wir beeilen uns.«

»Das würde ich auch vorschlagen«, sagte Ben. »Je schneller wir von hier wegkommen, desto besser. Ich traue dem Frieden nicht.«

Mike ging es genauso. Wenn Trautmans Erklärung stimmte, dann hatten sie von diesem Vulkan nichts mehr zu befürchten – aber schließlich hatte Trautman ja selbst zugegeben, dass er nicht besonders viel von Vulkanen verstand. Der unterseeische Ausbruch, dem sie vorhin mit knapper Mühe entkommen waren, war schließlich auch völlig warnungslos erfolgt.

Singh startete den Motor und sie fuhren los. Nach wenigen Augenblicken schon hatten sie den Strand erreicht. Singh ließ das Boot so weit auf den Sand hinaufgleiten, wie es nur ging, und sie sprangen von Bord.

Ihre Schritte wirbelten die weiße Lavaasche so hoch, dass Mike mit der Hand vor dem Gesicht herumwedelte, um überhaupt noch etwas sehen zu können, und er hustete. Die Asche war warm, fast noch heiß, und der Schwefelgestank wurde so stark, dass sie kaum noch atmen konnten. Als sie weitergingen, bewegten sie sich vorsichtiger, sodass die Asche nur noch bis zu ihren Knien hochwirbelte.

Ich an eurer Stelle würde mich beeilen, erklang Astaroths Stimme in seinem Kopf.

Wieso?

Trautman, antwortete Astaroth. *Er ist beunruhigt. Er ist nicht sicher, dass der Vulkan wirklich schläft.*

Diese Neuigkeit war nicht unbedingt dazu angetan, Mike zu beruhigen. Aber sie ließ ihn wieder schneller gehen, wirbelnde Asche hin oder her. Auch er hatte keine besondere Lust, möglicherweise noch auf dieser Insel zu sein, wenn sie sich dazu entschloss, sich auch noch von der anderen Hälfte des Berges zu trennen.

Je näher sie der Ansammlung zerstörter Wellblechhütten kamen, desto mehr sank Mikes Mut. Es erschien ihm immer unwahrscheinlicher, dass irgendein lebendes Wesen die Katastrophe überlebt haben sollte. Der Brocken, der in der Mitte der kleinen Siedlung eingeschlagen war, war immer noch deutlich zu sehen. Er hatte sich mehr als zur Hälfte in den Boden eingegraben und glühte in einem dunklen, drohenden Rot. In seiner unmittelbaren Umgebung war der Sand geschmolzen und zu einer Art schwarzem Glas geworden. Die Hitze, die er ausstrahlte, war so gewaltig, dass es ihnen nicht möglich war, sich ihm weiter zu nähern.

»Dort.« Singh deutete auf zwei halb zusammengebrochene Hütten am anderen Ende des Lagers. Auch sie waren zerstört, aber nicht ganz so sehr wie der Rest der Ansiedlung. Wenn es hier überhaupt Überlebende geben sollte, dann dort. »Nehmt die linke Hütte. Ich durchsuche die andere.«

Sie schritten schneller aus. Mike hob schützend den Arm vor das Gesicht, um der grausamen Hitze zu entgehen, die wie mit unsichtbaren glühenden Krallen nach ihm hieb, und trat gebückt durch den halb eingedrückten Eingang.

Auch hier drinnen war alles hoffnungslos zerstört. Mike erkannte nichts als ein riesiges Chaos aus umgestürztem Mobiliar, zerbrochener Einrichtung und verkohltem Papier und auch hier drinnen lag weiße, pulverige Asche, die bei jeder Bewegung hochwirbelte und zum Husten reizte. Trotzdem durchsuchten sie die Hütte gründlich.

»Das scheint so eine Art ... Labor gewesen zu sein«, sagte Juan nachdenklich. »Jedenfalls liegt hier genug Krempel herum, um Isaac Newton für den Rest seines Lebens glücklich zu machen.«

Juan hatte vollkommen Recht: Diese Hütte war einmal ein Labor gewesen. Unter ihren Füßen klirrte zerbrochenes Glas und verbogenes Metall und überall lagen angekohlte Bücher. Mike bückte sich nach einem der angesengten Bände, blätterte ihn durch und stellte fest, dass er nichts als handschriftliche Notizen und kompliziert aussehende Berechnungen enthielt. Er wollte ihn wegwerfen, überlegte es sich dann aber anders und steckte das Buch in seinen Gürtel.

»Hier drüben!« Singhs Stimme drang gedämpft durch die Wand herein. »Ich habe jemanden gefunden! Schnell!«

Sie fuhren herum, rannten zu der benachbarten Hütte und

stürmten hinein. Singh hockte am Boden und kümmerte sich um eine Gestalt in verbrannter Kleidung, die halb unter Trümmern und zerbrochenen Gerätschaften begraben war.

»Schnell!«, sagte Singh. »Helft mir! Und seid vorsichtig, er ist schwer verletzt!«

Das war nicht übertrieben. Während sie zu dritt versuchten, den Mann unter dem Wust zerbrochener Möbel herauszuziehen, stellte Mike entsetzt fest, wie schwer verbrannt der Mann war. Er war ohne Bewusstsein, stöhnte aber trotzdem vor Schmerz, als sie ihn hochhoben und aus der Hütte trugen. Seine Kleider waren verkohlt und er blutete aus mindestens einem Dutzend mehr oder weniger tiefer Wunden.

So schnell sie konnten, trugen sie den Verletzten zum Boot und legten ihn hinein. Mike und Juan schoben das Beiboot ins Wasser, während Singh sich um den Verwundeten kümmerte. Der Boden unter ihren Füßen zitterte sacht und auf dem Meer entstand plötzlich ein Muster sich schnell verändernder Wellen. Ein dumpfes Grollen lag mit einem Male in der Luft und spornte sie zu noch größerer Eile an.

Hastig stießen sie das Boot ab, sprangen hinein und griffen nach den Rudern. Mike sah zur NAUTILUS hin. Ben, Chris und Serena waren unter Deck verschwunden und genau in diesem Moment erschien Trautman über der Turmluke und winkte ihnen zu, sich zu beeilen. Die Wellen auf dem Wasser wurden höher und auch die NAUTILUS bewegte sich jetzt deutlich. Aus dem sachten Grollen war mittlerweile ein drohendes Donnern und Rumoren geworden, das von überall her zugleich zu kommen schien.

Mike und Juan ruderten, so schnell sie konnten. Trautman kletterte vollends aus dem Turm und eilte ihnen entgegen, um Singh mit dem Verletzten zu helfen, während Mike und Juan rasch das Boot im Heck der NAUTILUS vertäuten. Dann eilten sie unter Deck und verschlossen die Luken hinter sich. Mike trat ans Ruder, schickte ein Stoßgebet zum Himmel, dass er mit den neuen Instrumenten zurechtkam, und begann die NAUTILUS behutsam auf der Stelle zu wenden.

Die NAUTILUS erzitterte unter immer heftiger werdenden Erschütterungen, während Mike das Schiff wendete und ins offene Meer hinauslenkte. Sie waren kaum aus der Gefahrenzone heraus, da erwachte der vermeintlich schlafende Vulkan zum zweiten Mal.

Als sich Rauch und Flammen nach zwei Stunden allmählich wieder verzogen, war von der Insel nichts mehr zu sehen.

Seit die Vulkaninsel untergegangen war, hatte sich das Meer nicht mehr beruhigt. Mittlerweile waren mehr als vierundzwanzig Stunden vergangen, aber der Meeresboden hunderte von Metern unter ihnen befand sich noch immer in Aufruhr. Dann und wann brachen gewaltige dampfgefüllte Blasen durch die Wasseroberfläche und die Wellen wurden immer heftiger. Es bestand keine wirkliche Gefahr für die NAUTILUS – wenigstens behauptete Trautman das –, aber es wurde allmählich ungemütlich. Wäre es nach Mike und den anderen gegangen, so hätten sie diesen Teil des Ozeans längst mit Höchstgeschwindigkeit hinter sich gelassen, aber Trautman weigerte sich beharrlich.

»Wir bleiben hier, bis der Verletzte aufgewacht ist und wir mit ihm gesprochen haben«, sagte er. Seine Stimme klang sehr bestimmt. »Dieses Lager war groß genug für mindestens ein Dutzend Menschen und soviel ich weiß, haben Singh und die anderen keine weiteren Verletzten oder Toten gefunden. Ich werde nicht von hier weggehen, bevor ich keine Klarheit über ihr Schicksal habe!«

»Sie sind doch längst tot!«, protestierte Ben.

»Hast du die Leichen gesehen?«, fragte Trautman. »Nein. Aber niemand kann diese Katastrophe überlebt haben. Die Insel ist einfach nicht mehr da!«

»Wir warten«, antwortete Trautman stur. »Astaroth meint, dass er in ein paar Stunden aufwachen wird.« Er setzte sich und griff mit der anderen Hand nach einem Buch, das auf der Bank neben ihm lag, und legte es aufgeschlagen auf den Tisch. Es war das ledergebundene Notizbuch, das Mike aus der Hütte mitgebracht hatte. Trautman hatte es innerhalb der letzten vierundzwanzig Stunden mindestens hundertmal durchgeblättert ohne zu irgendeinem Ergebnis zu kommen. Die Handschrift auf den Seiten war gestochen scharf, aber leider in einer Sprache abgefasst, die keiner von ihnen kannte. Nach Mikes Ansicht handelte es sich um Schwedisch oder so etwas, aber sicher war er nicht.

»Wenn wir nur wüssten, was darin steht«, seufzte Trautman. »Vielleicht wären wir dann schlauer.«

»Ja, und vielleicht sind es auch nur Kochrezepte«, sagte Ben. »Oder fünfzig Jahre alte Liebesbriefe.«

Wenn ihr runter in Serenas Kabine kommt, kriegt ihr vielleicht die Antwort auf eure Fragen, erklang Astaroths Stimme in

Mikes Kopf. *Ich glaube, er wacht auf.* Mike registrierte beiläufig, dass Astaroth ganz offensichtlich wieder einmal ihre Gedanken gelesen hatte, aber er unterdrückte seinen Ärger über diese Tatsache und teilte Trautman und den anderen mit knappen Worten mit, was Astaroth ihm gesagt hatte. Ohne ein weiteres Wort verließen sie den Salon und eilten in Serenas Kabine hinunter. Keiner von ihnen war Arzt, aber Serena verstand ein bisschen von erster Hilfe, und die unvorstellbar weit fortgeschrittene Technik der NAUTILUS ermöglichte es ihnen, ihre Verletzten wahrscheinlich besser zu versorgen, als es die meisten großen Krankenhäuser auf der Welt gekonnt hätten.

Als Mike nun als Erster Serenas Kabine betrat, war er auch erstaunt, welche Fortschritte die Genesung des Fremden gemacht hatte. Er war noch immer verbunden und eingewickelt wie eine Mumie, aber die schweren Brandwunden in seinem Gesicht und an seinen Händen waren gut verheilt; wahrscheinlich würden nicht einmal Narben zurückbleiben. Sein Fieber war deutlich gesunken und während der letzten Stunden war aus seinen Albträumen ein tiefer Schlaf geworden. Serena saß an der Bettkante und hielt seine Hand, während Astaroth am Fußende hockte und ihn aufmerksam betrachtete.

»Wie geht es ihm?«, fragte Trautman. Serena zuckte mit den Schultern und Astaroth sagte: *Er ist wach.*

Mike sah ihn überrascht an und Astaroth bestätigte seine Worte mit der Imitation eines menschlichen Nickens. *Seit ein paar Sekunden. Er spielt den Schlafenden und hört zu. Ich weiß nicht, warum, aber er hat furchtbare Angst.*

Nach allem, was er durchgestanden hatte, konnte Mike das

sehr gut verstehen. Er tauschte einen bezeichnenden Blick mit Trautman, dann trat er dichter an das Bett heran und sagte langsam und betont: »Wir wissen, dass Sie wach sind. Sie brauchen keine Angst zu haben. Wir sind in Sicherheit.«

Der Fremde spielte noch zwei oder drei Sekunden lang den Schlafenden, dann öffnete er langsam die Augen, sah zuerst Mike und dann Serena an und sagte: »Ich bin also tot.«

»Wie kommen Sie darauf?«, fragte Mike.

»Ich muss tot sein«, antwortete der Fremde. »An meinem Bett sitzt ein Engel und hält meine Hand. Also bin ich im Himmel.«

Mike lachte und er sah, wie Serena tatsächlich ein wenig errötete und um ein Haar die Hand zurückgezogen hätte. In ihrem weißen Kleid und mit dem schulterlangen, gelockten Haar sah sie tatsächlich wie ein Engel aus.

»Ich fürchte, ich muss Sie enttäuschen«, sagte Mike lächelnd. »Wenn Sie auf Manna und kostenlosen Unterricht im Harfespielen scharf sind, müssen Sie schon noch ein paar Jahre warten. Mein Name ist Mike und der Engel an Ihrem Bett heißt Serena.« Er deutete nacheinander auf alle anderen, nannte ihre Namen und fragte dann: »Und wer sind Sie?«

»Delamere«, antwortete der Fremde. »Mein Name ist Delamere. Jacques Delamere.«

»Sind Sie Franzose?«, fragte Trautman.

»Belgier«, antwortete Jacques. Jetzt verstand Mike auch, warum sie das Tagebuch nicht hatten lesen können. Keiner von ihnen war der flämischen Sprache mächtig, in der die Notizen offensichtlich abgefasst waren.

»Waren Sie allein auf der Insel?«, fragte Mike.

Jacques antwortete nicht gleich, aber das war auch nicht nötig. Der erschrockene Blick, mit dem er auf seine Frage reagierte, war beredt genug. »Ihr habt ... niemanden sonst gefunden?«, fragte er.

Mike schüttelte den Kopf. »Wie viele waren Sie?«

»Drei«, antwortete Jacques. »Mein Assistent, der Kapitän des Schiffes und ich. Sie haben sie nicht gefunden?«

»Sie waren der einzige Überlebende«, sagte Trautman. »Es tut mir sehr Leid.«

»Vielleicht haben Sie sie nur übersehen!«, sagte Jacques. »Es könnte doch sein! Als der Vulkan ausbrach, sind wir in Panik geraten. Ich habe mich in meiner Hütte versteckt, aber die beiden anderen sind davongelaufen. Vielleicht ...«

»Die Insel«, unterbrach ihn Trautman ruhig, »existiert nicht mehr.«

Jacques starrte ihn an.

»Es ist die Wahrheit«, bestätigte Serena. »Es tut mir sehr Leid um Ihre Freunde, aber es ist so, wie Trautman sagt: Die gesamte Insel ist im Meer versunken. Ich fürchte, Ihre beiden Freunde sind tot.«

»Sie sprachen von zwei Begleitern«, sagte Trautman rasch; vielleicht um Jacques abzulenken. »Aber die Hüttensiedlung, die wir gesehen haben, war für mehr Menschen ausgelegt. Wie viele waren Sie?«

»Zehn«, antwortete Jacques. »Die anderen sind auf Hathi, der Nachbarinsel, fünfzig Seemeilen entfernt. Die Pahuma haben sie.«

»Pahuma?«

»Die Eingeborenen«, erklärte Jacques. »Sie haben meine Frau und die anderen gefangen. Wir drei konnten fliehen. Wir sind hierher gekommen, um Hilfe anzufordern, aber bevor wir das Funkgerät einschalten konnten, brach der Vulkan aus. Wir wussten, dass es passieren würde, aber ich hatte gehofft, dass uns wenigstens noch Zeit bliebe um einen Hilferuf abzusetzen.«

»Woher?«, fragte Ben.

»Ich bin Vulkanologe«, antwortete Jacques. »Wir sind seit einem halben Jahr hier. Wir hatten einen starken Vulkanausbruch erwartet.«

»Den haben Sie ja auch bekommen«, sagte Ben säuerlich.

»Wenn Sie wussten, was passieren würde, warum sind Sie dann nicht geflohen?«, fragte Trautman.

»Weil ich nicht erwartet habe, dass es so schlimm wird«, gestand Jacques. »Das konnte niemand voraussehen. Es war, als ... als ob sich die Tore der Hölle aufgetan hätten. Der halbe Berg ist explodiert. Wenn wir nicht auf der anderen Seite gewesen wären, hätten wir keine Chance gehabt.«

Er versuchte sich aufzusetzen, sank aber mit einem unterdrückten Schmerzenslaut zurück und verzog das Gesicht.

»Sie sollten sich noch ein wenig schonen«, sagte Trautman überflüssigerweise. »Sie waren ziemlich schwer verletzt.«

»So fühle ich mich auch«, sagte Jacques gepresst. Sehr viel vorsichtiger als das erste Mal setzte er sich auf und schwang die Beine vom Bett. Astaroth sprang fluchend auf und lief ein paar Schritte davon. »Ich habe mich noch gar nicht bei Ihnen dafür bedankt, dass Sie mir das Leben gerettet haben«, sagte Jacques.

»Wahrscheinlich war das nicht ganz ungefährlich.« Er sah zu Trautman hoch. »Sind Sie der Kapitän dieses Schiffes?«

»So ... könnte man es nennen«, sagte Trautman ausweichend.

»Wo bin ich überhaupt?«, fragte Jacques. »Was ist das für ein Schiff und wo ist die Besatzung?«

»Das ist eine komplizierte Geschichte«, antwortete Trautman. »Ich erkläre Ihnen alles, aber im Moment ist es erst einmal wichtig, dass Sie sich erholen und wieder zu Kräften kommen.«

»Dafür ist keine Zeit«, widersprach Delamere.

»Sie sind nicht in Gefahr«, antwortete Mike. »Glauben Sie mir, auf diesem Schiff kann Ihnen nichts mehr passieren.«

»Ich rede nicht von mir!«, protestierte Jacques. »Es tut mir Leid, mein Junge, aber ich fürchte, die Situation ist ein bisschen komplizierter, als du begreifen kannst. Es wäre besser, wenn ich mit deinen Eltern rede.«

Mike wollte widersprechen, aber Trautman brachte ihn mit einem schnellen Blick zum Schweigen und fragte, an Jacques gewandt: »Wozu?«

»Weil sich meine Frau und die andern Mitglieder der Expedition in größter Gefahr befinden«, antwortete Delamere. »Was glauben Sie denn, warum wir das Risiko auf uns genommen haben, noch einmal hierher zu kommen? Wir brauchten das Funkgerät um Hilfe zu rufen.«

»Wir werden Ihnen helfen«, sagte Trautman.

Jacques betrachtete ihn kritisch. »Werden Sie? Na, dann hoffe ich, dass Sie genügend Waffen und Munition an Bord haben. Und mindestens zweihundert Soldaten.«

»Was soll das heißen?«, fragte Mike alarmiert.

»Wie ich bereits sagte: Die Pahuma haben die anderen gefangen genommen. Sie wollen sie ihren heidnischen Göttern opfern.«

»Wann?«, fragte Juan.

»Beim nächsten Vollmond«, antwortete Jacques. »In zwei Tagen.«

»In zwei Tagen?!« Trautman hatte Mühe, sich seinen Schrecken nicht zu deutlich anmerken zu lassen.

»Ja«, bestätigte Jacques. »Warum fragen Sie?«

»Weil Sie sich irren, Jacques«, antwortete Trautman ernst. »Sie waren mehr als vierundzwanzig Stunden bewusstlos. Sie haben keine zwei Tage mehr. Vollmond ist in der kommenden Nacht.«

Juan rollte die Seekarte zusammen, trug sie zurück zum Kartenregal und wählte umständlich eine andere, sorgsam zusammengerollte Karte. Er breitete sie auf dem Tisch aus, beschwerte die Ecken, damit sie sich nicht von selbst wieder zusammenrollte, und studierte konzentriert denselben Bereich, den er im Laufe der vergangenen beiden Stunden schon auf einem halben Dutzend anderer Karten begutachtet hatte.

Mit demselben Ergebnis. Er schüttelte den Kopf und sagte: »Nichts. Es gibt keine Insel, die Hathi heißt.«

»Vielleicht nicht auf diesen Karten«, sagte Singh. »Sie sind zum Teil schon ziemlich alt.«

»Außerdem könnte es gut sein, dass Delamere uns den Namen gesagt hat, mit dem die Eingeborenen ihre Insel bezeichnen«, fügte Trautman hinzu. »Er muss nicht unbedingt mit dem übereinstimmen, der auf dieser Karte steht.« Er seufzte. »Wir werden es gleich wissen.«

»Sie wollen ihn wirklich hierher bringen?«, fragte Ben.

»Hast du eine bessere Idee?«, erwiderte Trautman. Und Chris fügte hinzu:

»Wir können ihn schließlich nicht ewig in Serenas Kabine einsperren, oder?«

»Nein«, gestand Ben. Es hörte sich ziemlich widerwillig an. »Ich halte es trotzdem nicht für eine gute Idee. Wir haben schon viel zu viele schlechte Erfahrungen gemacht.«

Für einen Moment breitete sich ein sehr unangenehmes Schweigen im Kommandoraum der NAUTILUS aus. Mike hätte Ben – ebenso wie alle anderen – liebend gerne widersprochen, aber es wäre nicht die Wahrheit gewesen. Gerade die Ereignisse der letzten Wochen hatten ihnen auf schreckliche Weise klargemacht, wie gefährlich es war, Fremden das Geheimnis der NAUTILUS zu enthüllen. Die Welt war einfach noch nicht reif für ein Schiff wie die NAUTILUS. Das Tauchboot war mehr als zehntausend Jahre alt und stammte aus dem sagenumwobenen Atlantis und es war der Technik der Menschen um Jahrhunderte voraus. Sie hatten es niemals ausprobiert und Mike betete zu Gott, dass sie niemals in die Situation kommen würden, es zu müssen – aber Mike war ziemlich sicher, dass die NAUTILUS allein in der Lage war, es mit einer ganzen Flotte der modernsten Kriegsschiffe aufzunehmen; vor allem nach den Umbauten, die Tarras und seine Techniker daran vorgenommen hatten. Die Bewaffnung der NAUTILUS war nichts, was Mike und die anderen – Ben vielleicht einmal ausgenommen – *wirklich* interessierte.

Aber sie machte das Unterseeboot zu etwas, für dessen Besitz jeder Staat auf dieser Welt ohne zu zögern einen Krieg angefangen hätte. Sie mussten unendlich vorsichtig sein.

»Wir haben keine Wahl«, sagte Trautman leise. »Es stehen zehn Menschenleben auf dem Spiel. Vielleicht sogar noch mehr.«

Mike sah erschrocken auf, doch bevor er Trautman fragen konnte, wie er diese letzte Bemerkung gemeint hatte, fragte Ben: »Warum geben wir ihm nicht einfach das Funkgerät, um das er gebeten hat, und lassen ihn Hilfe rufen?«

»Du hast Delamere doch gehört, oder?«, fragte Trautman. »Er will Soldaten anfordern. Wahrscheinlich ein Kriegsschiff. Ganz offensichtlich plant er seine Freunde mit Gewalt zu befreien. Möchtest du schuld an einem Gemetzel unter Insulanern sein?«

»He, Moment!«, protestierte Ben. »Wieso bin ich schuld an irgendetwas, nur weil ich mich nicht einmischen will?«

»Wir haben uns bereits eingemischt, einfach indem wir *hier* sind.« Trautman beendete das Thema mit einer eindeutigen, energischen Geste. »Außerdem haben wir diese Wahl gar nicht. Wir sind ziemlich weit von der nächsten größeren Ansiedlung der so genannten *Zivilisation* entfernt. Es würde zwei Tage dauern, bis irgendein anderes Schiff hier ist.« Er nickte Chris zu. »Würdest du Delamere holen?«

Chris stand wortlos auf und ging und auch Astaroth erhob sich und folgte dem Jungen. Ben blickte ihm stirnrunzelnd nach. Er schwieg, aber Mike fühlte sich bemüßigt zu sagen:

»Jetzt reg dich wieder ab. Astaroth würde uns sofort warnen, wenn irgendetwas nicht stimmt.«

»So wie das letzte Mal?«, maulte Ben.

»Es reicht«, sagte Trautman scharf. Ben hatte zwar Recht, aber die Situation war trotzdem nicht zu vergleichen. Diesmal hatten sie es nicht mit einem leibhaftigen Magier zu tun, der die Fähigkeit hatte, praktisch jede beliebige Gestalt anzunehmen und selbst seine Gedanken vor Astaroth zu verbergen.

Das unangenehme Schweigen hielt an, bis sie draußen auf dem Gang Schritte hörten und Chris mit Delamere und Astaroth zurückkam, begleitet von Serena. Alle blickten dem belgischen Forscher aufmerksam entgegen, aber Delamere schien sie gar nicht wahrzunehmen. Er trug den linken Arm in einer Schlinge und hatte einen frischen weißen Verband um die Stirn. Seine verbrannten Kleider waren verschwunden und er trug nun eine der normalen Borduniformen der NAUTILUS. Und einen so vollkommen fassungslosen Gesichtsausdruck, wie Mike ihn selten gesehen hatte. Er blieb einen Moment lang unter der Tür des Salons stehen, sah sich aus weit aufgerissenen Augen um und ging dann steifbeinig auf das große Aussichtsfenster zu. Die NAUTILUS lag ziemlich tief, sodass die unteren dreißig Zentimeter der Scheibe unter der Wasseroberfläche lagen. Endlose Sekunden starrte Delamere aufs Meer hinaus, dann drehte er sich langsam um und ließ seinen Blick ein zweites Mal durch den Raum schweifen.

»Wo ... wo bin ich?«, murmelte er. »Das ist ... ein Unterseeboot, nicht wahr?«

»Ja«, antwortete Trautman. »Allerdings ein etwas ... außergewöhnliches.«

»Außergewöhnlich?« Jacques' Stimme klang schrill.

Er weiß es schon, wisperte Astaroths Stimme in Mikes Gedanken. *Er weigert sich nur noch es zu glauben. Der arme Kerl fällt gleich in Ohnmacht.*

»Es ist die NAUTILUS«, sagte Mike. Als Ben und Trautman ihn erschrocken anblickten, deutete er mit einer fast unmerklichen Geste auf Astaroth. Beide nickten ebenso unmerklich. Sie hatten verstanden.

»Die NAUTILUS.« Jacques versuchte zu lachen, aber es misslang. »Du ... du willst mich auf den Arm nehmen, nicht? Ich meine, es ... es ist nicht *die* NAUTILUS.«

»Es ist das Schiff meines Vaters«, sagte Mike ruhig. »Kapitän Nemo.«

Jacques starrte ihn an. Er versuchte etwas zu sagen, aber seine Stimme versagte kläglich.

»Ich kann mir vorstellen, was Sie jetzt fühlen«, sagte Trautman sanft. »Aber bitte glauben Sie nicht alles, was Sie über dieses Schiff und seinen Kapitän gehört haben. Nemo war kein Verbrecher. Und das hier ist kein Piratenschiff.«

»Ich ... ich habe vor allem gehört, dass ... dass die NAUTILUS gesunken ist«, stammelte der Belgier.

»Das ist es, was die ganze Welt glauben sollte«, antwortete Trautman. »Niemand darf erfahren, dass die NAUTILUS noch existiert. Wenn Sie länger an Bord bleiben sollten, werden Sie verstehen, warum das so ist.«

»Und ... und wieso zeigen Sie es mir dann?«, fragte Jacques unsicher.

»Sie sind nun einmal hier«, antwortete Trautman. »Sollten wir Sie auf der Insel verbrennen lassen? Wären die Dinge anders, dann hätten Sie Serenas Kabine niemals verlassen. Wir hätten Sie in der Nähe irgendeiner menschlichen Ansiedlung an Land gesetzt, und selbst wenn Sie sich an etwas erinnert hätten, so würde Ihnen niemand glauben. Aber so, wie die Dinge liegen, geht das leider nicht mehr.«

Für Trautmans Verhältnisse war das eine erstaunlich lange Ansprache, fand Mike. Trotzdem hatte er das Gefühl, dass Jacques die Worte gar nicht richtig gehört hatte; und wenn doch, so zumindest nicht *verstanden.*

»Wir können später über alles reden«, fuhr Trautman fort, als Jacques auch nach Sekunden nicht antwortete. »Ich werde Ihnen alle Fragen beantworten, die Sie haben, aber im Moment ist dazu keine Zeit, fürchte ich. Wenn wir Ihre Freunde retten wollen, müssen wir zu dieser Insel fahren, von der Sie uns berichtet haben. Zeigen Sie sie uns auf der Karte.«

Jacques zögerte noch immer. Er hatte Mühe, mit dem Gehörten fertig zu werden und nicht die Kontrolle über sich zu verlieren. Erst als Trautman seine Worte wiederholte, erwachte er langsam aus seiner Erstarrung und trat an den Kartentisch heran. Sein Finger deutete nach kurzem Suchen auf einen winzigen Punkt, neben dem nicht einmal ein Name stand. »Das könnte sie sein«, sagte er, »obwohl ...«

»Könnte?«, fragte Trautman.

»Hathi ist eine Vulkaninsel«, sagte Jacques nachdenklich. »Aber um so sehr zu wachsen, müsste die Karte wirklich sehr alt sein.«

»Das ist sie«, bestätigte Trautman. Nach einem neuerlichen kurzen Blick auf die Karte fuhr er fort: »Es ist weiter, als ich dachte. Wir werden eine Stunde brauchen um sie zu erreichen. Besser, wir fahren gleich los.«

»Eine Stunde?« Jacques riss ungläubig die Augen auf. »Wir waren mit dem Boot einen halben Tag unterwegs!«

»Sagte ich nicht, dass die NAUTILUS ein sehr erstaunliches Schiff ist?«, lächelte Trautman. Dann gab er Singh einen Wink. »Hilf mir den Kurs zu setzen. Wir können genauso gut reden, während wir unterwegs sind.«

Und das taten sie dann auch. Etwas mehr als eine Stunde verging, bis die Vulkaninsel am Horizont vor ihnen auftauchte, und die Zeit war noch nicht einmal zur Hälfte vorbei gewesen, da schwirrte Mike bereits der Kopf.

Sie hatten praktisch ununterbrochen geredet. Nachdem Jacques seinen Schock einigermaßen überwunden hatte, sprudelte er vor Fragen nur so über und Trautman, Mike und die anderen hatten die meisten davon auch beantwortet, aber nicht alle. Es gab ein paar Dinge, von denen sie nichts sagten. So war es nicht unbedingt notwendig, dass Delamere erfuhr, wer Serena wirklich war, und sie erzählten ihm schon gar nichts von Astaroth und seinen besonderen Fähigkeiten, die Gedanken eines Menschen zu lesen. Da Mike umgekehrt von Astaroth wusste, dass Delamere ganz ehrlich zu ihnen war, fühlte er sich nicht besonders gut dabei. Aber die Erfahrung der letzten Jahre hatte sie gelehrt, lieber einmal zu vorsichtig zu sein als zu vertrauensselig.

Als die Insel in ihre Sicht kam, drosselte Trautman die Geschwindigkeit der NAUTILUS und hielt schließlich ganz an.

»Ich würde Ihnen ja gerne noch mehr über die NAUTILUS und unsere Abenteuer erzählen, Jacques«, sagte er, »aber ich fürchte, dazu ist jetzt nicht der richtige Moment. In ein paar Stunden geht die Sonne unter. Bis dahin sollten wir einen Plan haben, wie wir Ihre Freunde befreien wollen.«

Delamere nickte zwar, aber sein Gesicht verdüsterte sich zusehends, während er aus dem Fenster sah und die Insel betrachtete, deren Silhouette in einiger Entfernung vor ihnen in den Himmel ragte.

»Was ist überhaupt passiert?«, wollte Ben wissen. »Was haben Sie getan?«

»Getan?«

»Sie haben erzählt, dass die Eingeborenen Ihre Freunde gefangen genommen haben um sie heute Nacht zu opfern«, sagte nun auch Singh. »Dafür muss es einen Grund geben, oder?«

»Sie sind ein abergläubisches Volk«, antwortete Jacques. »Ich weiß nicht genau, was sie uns vorwerfen. Vielleicht sind sie einfach nur primitive Wilde, die auf ein paar ahnungslose Narren gewartet haben um sie ihren Göttern vorzuwerfen.« Er hob abwehrend beide Hände, als Singh widersprechen wollte. »Ich weiß, wie sich das anhört. Aber glauben Sie mir, ich habe keine Vorurteile. Und ich gehöre auch gewiss nicht zu denen, die sich für etwas Besseres halten, nur weil sie zufällig aus der so genannten zivilisierten Welt stammen. Aber vielleicht hätte ich besser daran getan, Vorurteile zu *haben.* Wie es aussieht, hat meine Vertrauensseligkeit bereits zwei meiner Freunde das Leben gekostet.«

»Erzählen Sie, was passiert ist«, sagte Trautman.

»Da gibt es nicht viel zu erzählen«, antwortete Jacques. »Wir sind vor zwei Wochen angekommen und haben die Basislager errichtet.«

»Auf der Insel, auf der wir Sie gefunden haben?«

Jacques nickte. »Ja. Anfangs war alles still; abgesehen von den vulkanischen Aktivitäten natürlich. Vor ungefähr einer Woche jedoch trafen wir auf einen Eingeborenen. Er kam von hier mit einem Einbaum, wie sich herausstellte.«

»Die ganze Strecke?«, wunderte sich Singh. »Er muss Tage unterwegs gewesen sein!«

»Das war er«, bestätigte Jacques. »Ihr könnt euch vorstellen, wie überrascht wir waren. Aber auch ziemlich erleichtert, denn nachdem es uns erst einmal gelungen war, eine Art Zeichensprache zu entwickeln, stellten sich die Pahuma als sehr freundliches Volk heraus. Sie luden uns auf ihre Insel ein und wir sind der Einladung gefolgt.«

»Und prompt in eine Falle getappt«, sagte Ben.

»Das ist ja gerade das Seltsame«, antwortete Jacques nachdenklich. »Ich glaube nicht, dass es eine Falle war. Sie haben uns sehr freundlich aufgenommen.

Es ... es war schon fast peinlich – sie haben uns beinahe wie Götter behandelt. Jedenfalls die ersten drei Tage.«

»Und dann?«

Delamere zuckte mit den Schultern und verzog das Gesicht, als die Bewegung seinem verletzten Arm Schmerzen bereitete. »Irgendetwas ist passiert«, sagte er. »Ich weiß nicht genau, was, aber ich vermute, dass es mit dem Vulkan zusammenhängt.«

»Mit dem auf der Insel, auf der Ihr Lager war?«, fragte Trautman.

»Allen«, berichtigte ihn Jacques. »Diese Insel, Hathi und noch ein paar andere sind im Grunde nur die Gipfel einer unterseeischen Bergkette, die aus dem Wasser ragen, verstehen Sie?«

Trautman nickte nur, aber Mike hatte alle Mühe, ein Schmunzeln zu unterdrücken. Trautman verstand vermutlich mehr von Ozeanologie als Delamere und alle seine Kollegen zusammen, schien es aber im Moment für besser zu halten, den Belgier einfach reden zu lassen.

»Der Vulkanausbruch, den Sie beobachtet haben, ist kein isoliertes Geschehen«, fuhr Jacques fort. Ohne dass es ihm wahrscheinlich bewusst war, nahm seine Stimme einen dozierenden Tonfall an; wie die eines Lehrers vor seiner Klasse. »Ich vermute schon eine geraume Weile, dass es in diesem Gebiet hier eine ganze Reihe zusammenhängender Vulkane gibt, einige auf Inseln wie diese hier, andere auf dem Meeresgrund. In den letzten beiden Wochen gab es eine Reihe von Unterwasserausbrüchen.«

»Ich weiß«, sagte Trautman.

Jacques war überrascht. »Sie haben einen davon beobachtet?«

Trautman lächelte humorlos. »So könnte man es auch nennen«, sagte er.

Darüber musste Delamere sichtlich erst eine Weile nachdenken. Dann zuckte er mit den Schultern und fuhr in seinem Bericht fort. »Es war gestern Abend ... vorgestern. Hathi hat auch einen Krater, wissen Sie? Er ist schon lange erloschen, aber vorgestern begann er plötzlich wieder Dampf und Gas zu speien. Natürlich hat es mich interessiert. Ich wollte mir den Krater ansehen, doch die Pahuma waren dagegen. Anscheinend ist der Krater so eine Art Heiligtum für sie.«

»Aber Sie sind trotzdem hingegangen«, vermutete Juan.

Jacques nickte widerwillig. »Ja. Sie waren nicht begeistert ... aber auch nicht so wütend, dass ich mir Sorgen gemacht hätte. Aber ein paar Stunden später brach dieser Krater dann wirklich aus. Es war keine große Eruption, aber zwei oder drei Eingeborene kamen dabei ums Leben.«

»Und die Pahuma geben Ihnen die Schuld«, vermutete Trautman. Er schüttelte den Kopf. »Sie haben sich nicht besonders klug verhalten, Jacques.«

»Das weiß ich jetzt auch«, sagte Delamere niedergeschlagen. »Aber ich habe wirklich nicht geahnt, dass sie *so* reagieren würden! In einer Minute waren sie noch freundlich und haben uns regelrecht verehrt und in der Nächsten fallen sie über uns her und wollen uns irgendeinem Vulkangott opfern!«

»Das hätten Sie sich denken können«, sagte Ben. »Sie waren doch hier, weil Sie auf den Ausbruch gewartet haben, oder?«

»Ich bin Vulkanologe, mein lieber Junge«, sagte Jacques. »Kein Verhaltensforscher. Und außerdem –«

»– spielt es jetzt keine Rolle mehr, *warum* es passiert ist«, mischte sich Trautman ein. Sein warnender Ton galt allerdings sehr viel mehr Ben als Delamere. »Haben sie Ihren Freunden etwas getan?«

»Ich glaube nicht«, antwortete Jacques. »Wenn ich sie richtig verstanden habe, dann ist es wichtig, dass die Opfer dem

Vulkangott unversehrt übergeben werden. Wir haben uns nach Kräften gewehrt, als sie über uns hergefallen sind. Trotzdem hat keiner von ihnen eine Waffe benutzt. Es war ihnen offenbar sehr wichtig, uns ohne Verletzung in ihre Gewalt zu bekommen. Nur so ist es mir und den beiden anderen überhaupt möglich gewesen, zu fliehen. Hätten wir unsere Gewehre nicht gehabt ...«

»Gewehre?«, fragte Mike erschrocken. »Sie haben auf sie geschossen?«

»Natürlich haben wir geschossen«, ereiferte sich Delamere. »Was erwartest du, Junge? Dass wir uns wehrlos ergeben hätten?«

»Wie viele haben Sie umgebracht?«, fragte Ben.

»Ich habe sie nicht gezählt«, antwortete Jacques feindselig. »Es ging um unser Leben. Ihr hättet euch auch gewehrt, oder?«

»Wir wären erst gar nicht –«

»Das reicht«, unterbrach ihn Trautman in noch schärferem Ton. »Wir können uns später noch lange genug streiten. Jetzt schlage ich vor, dass wir uns darauf konzentrieren, Jacques' Frau und seine Freunde zu retten.«

Er bedachte Ben noch einmal mit einem finsteren Blick, dann wandte er sich in verändertem Ton an Delamere. »Wo liegt die Stadt der Pahuma?«

»Auf der anderen Seite der Insel«, antwortete Jacques. »Auf halber Höhe des Berges, an einem kleinen See. Der Weg dorthin ist nicht einfach. Und ich fürchte, die Pahuma werden uns sehen. Sie sind primitiv, aber nicht dumm.«

»Wissen Sie, wo sie Ihre Leute gefangen halten?«

»Nein«, antwortete Jacques. »Es ging alles viel zu schnell. Aber ich bin sicher, dass ich sie finde.«

»Sie?« Trautman klang nicht begeistert. »Selbstverständlich«, antwortete Delamere. »Ich begleite Sie. Sie hätten keine Chance, sie zu finden. Die Insel ist nicht allzu groß, aber der Dschungel ist sehr dicht. Ihr würdet euch hoffnungslos verirren.«

»Wahrscheinlich haben Sie Recht«, seufzte Trautman. Auch er schien von dem Gedanken, Jacques wieder mit zurück zur Insel zu nehmen, nicht begeistert zu sein. Aber ihre Zeit war nun einmal begrenzt. Selbst wenn sie davon ausgingen, dass die Eingeborenen ihr Menschenopfer erst um Mitternacht vollzogen, blieben ihnen nur ein paar Stunden.

»Wie kommen wir an Land?«, fragte Singh. »Ohne gesehen zu werden, meine ich.«

»Das wird schwierig«, sagte Jacques. »Es gibt eine kleine Bucht, fast einen natürlichen Hafen auf der anderen Seite der Insel. Aber sie stellen Wachen auf, die das Meer beobachten.«

»Dann nähern wir uns unter Wasser, so weit wir können«, entschied Trautman.

»Und danach?«, fragte Jacques.

Trautman grinste. »Können Sie schwimmen, Jacques?«

Das Glück war diesmal auf ihrer Seite. Nachdem sie die Insel umrundet hatten, lag die kleine Bucht vor ihnen, von der Jacques gesprochen hatte, aber nicht nur sie: Es gab einen breiten, überraschend tiefen Fluss, der zwischen den Bäumen hinter dem Strand verschwand und nach Delameres Worten in einem Kratersee am Fuße des Berges endete. Er war bei weitem nicht ausreichend um die gewaltige NAUTILUS aufzunehmen, aber sie konnten ihn trotzdem nutzen, um ungesehen an Land zu kommen: Trautman manövrierte das Tauchboot so dicht ans Ufer heran, wie es unter Wasser möglich war, und Mike, Singh und Delamere verließen das Schiff durch die Tauchkammer, ausgerüstet mit Schwimmflossen und Schnorcheln. Die schweren Taucheranzüge wären praktisch gewesen, um auch mit letzter Sicherheit ungesehen an Land zu kommen, aber es wäre viel zu umständlich gewesen, Jacques in die Handhabung der Anzüge einzuweisen. Darüber hinaus war Mike ganz und gar nicht sicher, ob sie das Eiland nicht in aller Hast wieder verlassen mussten, und er wollte es nicht riskieren, die unersetzliche Ausrüstung zurücklassen zu müssen.

Delamere wunderte sich nicht schlecht, als sie in die Tauchkammer stiegen und Astaroth zu ihnen hereinhuschte, kurz bevor sie die Tür schließen konnten. »Was hat denn diese Katze vor?«

Das fragte sich Mike auch. Trotzdem war er auf eine Weise froh, dass Astaroth sie begleitete. Da der Kater keine Anstalten machte, irgendetwas zu erklären, musste er improvisieren. »Er begleitet mich auf Schritt und Tritt«, sagte er. »Astaroth ist so anhänglich wie –«

Er hatte gerade sagen wollen: *wie ein Hund,* fing aber im letzten Augenblick einen warnenden Blick aus Astaroths einzigem glühenden Auge auf und zog es vor, den Satz nicht zu Ende zu sprechen.

»Eine Katze, die schwimmt?« Jacques riss erstaunt die Augen auf.

»Wie ein Fisch«, bestätigte Mike. »Astaroth liebt Wasser.«

Er sah, wie Jacques den Kater erstaunt und aufmerksam musterte, und fuhr rasch in verändertem Ton fort, ehe der Belgier etwas sagen konnte: »Glauben Sie, dass Sie es schaffen?«, fragte er. »Wir sind fünfzehn Meter tief unter Wasser.«

»Ich schwimme ganz gut«, antwortete Jacques. »Außerdem kann mir ja nichts passieren, solange wir einen so zuverlässigen Rettungsschwimmer bei uns haben«, fügte er mit einem spöttischen Lächeln in Astaroths Richtung hinzu.

Hässlich?! erklang Astaroths gedankliche Stimme in Mikes Kopf.

Du solltest dir wirklich abgewöhnen, die Gedanken von Leuten zu lesen, die das nicht wollen, antwortete Mike auf die gleiche Weise.

Sofort, erwiderte Astaroth. *Nur eine Frage noch: Was genau versteht man unter dem Begriff: So hässlich wie ein einäugiges Wildschwein?*

Mike warf Delamere einen erschrockenen Blick zu, zog es aber vor, nicht zu antworten. Ungeduldig wartete er darauf, dass der Luftdruck in der Tauchkammer weit genug angestiegen war, damit sie die Bodenklappe öffnen konnten. Dann atmete er noch einmal tief ein, rückte die Taucherbrille zurecht und sprang kopfüber ins Wasser. Singh und nach kurzem Zögern auch Delamere folgten ihm auf dieselbe Weise.

Das Wasser war überraschend warm und es fühlte sich ein wenig schleimig an. Mike griff kräftig aus, schwamm unter dem Rumpf der NAUTILUS hervor und warf einen Blick über die Schulter zurück, ehe er den Aufstieg begann. Singh schwamm nicht so schnell, wie er es gekonnt hätte, sondern blieb an Delameres Seite, wohl um im Notfall schnell zugreifen zu können, sollte der Belgier in Schwierigkeiten geraten. Jacques stellte sich jedoch trotz seiner Verletzung erstaunlich geschickt an. Fast so schnell wie Mike arbeitete er sich unter dem riesigen Unterseeboot hervor und schoss mit hochgestreckten Armen und heftig schlagenden Schwimmflossen der Wasseroberfläche entgegen. Hinter ihm erschien ein pechschwarzes Fellbündel, umkreiste ihn ein paar Mal spielerisch und schoss dann schnell wie ein Pfeil nach oben. Mike sah, wie Delamere überrascht zusammenfuhr und ihm vor lauter Schreck ein Teil kostbarer Atemluft entwich.

Lass das! dachte er ärgerlich. *Wir sind nicht zum Spielen hier!*

Gerne, antwortete Astaroth giftig. *Aber was, bitte schön, ist ein nasses einäugiges Wildschwein?*

Das, wozu ich gleich werde, wenn du nicht aufhörst, in seinen Gedanken herumzuschnüffeln! drohte Mike. *Schluss jetzt! Schwimm lieber voraus und sieh nach, ob die Luft rein ist!*

Astaroth antwortete mit einem Satz, der Mike vermutlich hätte erröten lassen, hätte er sich nicht unter Wasser befunden, verschwand dann aber gehorsam. Nur einen Augenblick später hatten Mike und dann auch Delamere und Singh die Wasseroberfläche erreicht. Behutsam streckte Mike den Kopf aus dem Wasser.

Seine Taucherbrille beschlug sich fast augenblicklich, denn über dem Wasser lag eine dunstige graue Schicht, die alles verschluckte, was weiter als ein paar Meter entfernt war. Mike hätte sie für Nebel gehalten, aber dafür war sie zu warm. Es war

Dampf, der von der Wasseroberfläche aufstieg. Sosehr ihn der Anblick erschreckte, war er im Moment doch das Beste, was ihnen passieren konnte, denn der Nebel verbarg sie zuverlässig vor allen neugierigen Blicken, die etwa von der Insel auf das Meer hinausgeworfen werden mochten.

Delamere tauchte neben ihm auf, rang nach Atem und deutete dann nach links. »Der Fluss müsste dort sein«, keuchte er. »Es ist nicht mehr weit.«

»Gut«, antwortete Mike. »Bleibt trotzdem unter Wasser. Sicher ist sicher.«

Dicht unter Wasser und nur durch die Schnorchel atmend, schwammen sie auf die Insel zu und nach wenigen Minuten in die Flussmündung hinein. Mike hatte damit gerechnet, gegen eine starke Strömung ankämpfen zu müssen, doch stattdessen fand er sich plötzlich in einem wahren Durcheinander der unterschiedlichsten Strömungen, die noch dazu vollkommen verschiedene Temperaturen hatten. Das war nicht normal. Auch das Meer in unmittelbarer Nähe der Insel war offensichtlich in Aufruhr.

Und das vielleicht noch mehr, als sie bisher trotz allem geahnt hatten. Mike musste nicht nur gegen die unterschiedlichen und zum Teil jäh wechselnden Strömungen ankämpfen. Zwei- oder dreimal erbebte der Boden der Insel so heftig, dass Mike und die beiden anderen selbst im Wasser hilflos hin und her geworfen wurden.

Als sie den See erreichten, wurde es nicht besser, sondern schlimmer. Mike musste all seine Kraft aufwenden, um gegen den Sog anzukämpfen, der in der Tiefe des Kratersees herrschte. Das Wasser, das nach oben drängte und dabei einen regelrechten Strudel auslöste, war *heiß*.

Delamere gestikulierte heftig nach links. Das Wasser war nicht nur in Aufruhr, sondern mittlerweile so trüb, dass Mike ihn und Singh nur noch als verschwommene Schemen erkennen konnte. Halb blind schwamm er in die angegebene Richtung, prallte nach wenigen Zügen gegen das Ufer und tauchte dann auf.

Vorsicht! zuckte Astaroths Stimme durch seine Gedanken. *Jemand kommt!*

Mike tauchte hastig wieder unter und winkte den beiden anderen zu, dasselbe zu tun. Er versuchte zu lauschen, hörte aber natürlich nichts außer dem Zischen und Brodeln des aufgewühlten Wassers.

Plötzlich wurde Delamere neben ihm unruhig. Er begann zu zappeln, warf sich hin und her und machte komische Verrenkungen, und als Mike den Kopf aus dem Wasser hob, erkannte er auch den Grund dafür.

Sie befanden sich wassertretend direkt unter dem überhängenden Ufer und atmeten weiterhin nur durch die Schnorchel.

Wenigstens zwei von ihnen.

Astaroth lag auf dem überhängenden Uferstreifen, grinste ihn an wie die Katze aus *Alice im Wunderland* und hatte die rechte Vorderpfote auf Delameres Schnorchel gesetzt.

Astaroth!

Astaroth grinste noch breiter, zog die Pfote ganz gemächlich zurück und trollte sich. *Ach übrigens, ihr könnt jetzt rauskommen. Es ist doch niemand hier. Ich muss mich wohl getäuscht haben.*

Delamere tauchte dicht neben Mike aus dem Wasser, riss sich die Taucherbrille vom Gesicht und rang keuchend nach Atem. Sein Gesicht war blau angelaufen und er hatte kaum noch die Kraft, sich im Wasser zu halten. Singh und Mike mussten ihm helfen sich auf das Ufer hinaufzuziehen.

»Was ... was war denn mit dem Ding los?«, japste er, während er Taucherbrille und Schnorchel verwirrt in den Händen drehte.

»Keine Ahnung«, log Mike. »Sie muss wohl irgendwie verstopft gewesen sein ... Ruhen Sie sich noch einen Moment aus. Singh und ich kümmern uns um unsere Sachen.«

Singh warf ihm einen verwirrten Blick zu, aber Mike deutete rasch und verstohlen in die Richtung, in der Astaroth verschwunden war, und beugte sich dann über den wasserdichten Beutel, in dem sie ihre Kleider mitgebracht hatten.

Sie trockneten sich ab, zogen sich um und verbargen die einfache Taucherausrüstung im Unterholz. Dann marschierten sie los, angeführt von Jacques. Mike hielt jedoch die ganze Zeit in Gedanken Kontakt mit Astaroth, der vorauseilte und nach eventuellen Wachen Ausschau hielt.

Eine gute halbe Stunde marschierten sie durch dichten Dschungel, dann lichtete sich das Unterholz ganz allmählich. Der Boden wurde steiniger und begann immer stärker anzusteigen.

»Wo ist das Eingeborenendorf?«, fragte Mike.

Delamere machte eine vage Geste nach oben. »Es gibt einen See, hundert Meter unter dem Gipfel. Das Dorf liegt an seinem oberen Rand. Es wird verdammt schwer werden, hinzukommen ohne gesehen zu werden. Sie brauchen nicht einmal Wachen aufzustellen. Man kann von dort aus den gesamten Hang überblicken ohne sich anzustrengen.«

Was Mike sah, schien Delameres Behauptung voll und ganz zu bestätigen. Der Berg stieg ziemlich steil vor ihnen an, bis er in einer ersten Terrasse in hundert oder hundertfünfzig Metern abknickte. Der Weg bis dort hinauf bot so gut wie keine Deckung. Hier und da wuchs zwar ein einsamer Busch oder ein verkrüppelter Baum, aber der allergrößte Teil des Berghanges bestand aus nackter schwarzer Lava, die zum Teil zu bizarren Formen erstarrt war, aber nicht das allerkleinste Versteck bot.

»Das wird ein Problem«, sagte Mike besorgt. Sein Blick tastete weiter den Berg hinauf. Seine Flanken erhoben sich über der Terrasse noch einmal um ungefähr das gleiche Stück, bis sie in einer wie aufgeschnitten wirkenden Spitze endeten. Der Himmel darüber war von dunklen Rauchwolken erfüllt.

»Was ist da oben?«, fragte er. »Der Krater?«

Jacques nickte und Mike hängte sofort die nächste Frage an: »Kann man an ihm vorbei oder ist das zu gefährlich?«

»Es wird nicht einfach, aber wir könnten es schaffen«, antwortete Jacques. »Wenn die Aktivitäten nicht viel stärker geworden sind, heißt das. Du hast vor, den Berg zu umgehen und von oben zu kommen? Das könnte funktionieren – aber der Weg ist weit. Ich glaube kaum, dass wir es bis Sonnenuntergang schaffen.«

»Dann sollten wir uns lieber beeilen, statt weiter herumzustehen und zu reden«, antwortete Mike. Trotzdem rührte er sich nicht von der Stelle, sondern löste das kleine Sprechgerät vom Gürtel, mit dem er Verbindung zur NAUTILUS aufnehmen konnte; eine weitere, technische Neuerung, die sie Tarras' Ingenieuren verdankten.

»Trautman?«, sagte er.

Trautmans Stimme meldete sich sofort aus dem Gerät. »Ich höre. Wo seid ihr?«

»Am Waldrand«, antwortete Mike. Er registrierte aus den Augenwinkeln, wie Delamere das winzige Gerät in seinen Händen anstarrte und ungläubig die Augen aufriss. Der Apparat war kaum so groß wie eine Zigarettenpackung. Wahrscheinlich hatte er so etwas noch nie gesehen – was im Übrigen praktisch auf die gesamte Menschheit zutraf. »Es gibt ein paar Probleme. Wir können nicht direkt ins Dorf marschieren. Sie würden uns sehen. Wir müssen um den Berg herum und über den Gipfel klettern.«

»Dafür braucht ihr mindestens zwei oder drei Stunden«, sagte Trautman. »So lange ist es gerade noch hell.«

»Ich weiß«, seufzte Mike. »Noch etwas: Sehen Sie sich die Insel noch einmal genauer an. In diesem See gibt es ein paar ... seltsame Strömungen. Und das Wasser ist zu heiß.«

Er schaltete ab. Nachdem er das Gerät wieder eingesteckt hatte und sich herumdrehte, begegnete er Delameres Blick. Der Belgier sah verwirrt drein, aber auch ein bisschen erschrocken.

»Das mit dem Wasser ist dir aufgefallen?«, fragte er. »Das wundert mich.«

»Mich wundert es, dass es Ihnen *nicht* aufgefallen ist«, sagte Mike. »Der Säuregehalt ist ziemlich hoch. Und es ist viel zu heiß. Wenn Sie mich fragen, dann ist diese ganze Insel ein Pulverfass.«

»Ich glaube, davon verstehe ich mehr als du, mein Junge«,

sagte Jacques. »Es rumpelt ein bisschen, aber das ist auch schon alles.«

Das *bisschen Rumpeln* hätte die NAUTILUS um ein Haar vernichtet, und es hatte zwei von Delameres Freunden bereits das Leben gekostet, dachte Mike. Er verstand nicht, wieso der Belgier die Sache so auf die leichte Schulter nahm.

Trautmans Schätzung erwies sich als ziemlich genau. Sie brauchten annähernd zwei Stunden, um den Berg zu umrunden und auf der anderen Seite bis zum Gipfel hinaufzusteigen, und der Weg erwies sich als äußerst mühsam. Es gab zwar auch auf dieser Seite so gut wie keine Vegetation, aber das Gehen auf der spiegelglatten Lava war äußerst kräftezehrend. Und als wäre das allein nicht schlimm genug, zitterte die Erde in unregelmäßigen Abständen; einmal so stark, dass sie alle drei den Halt verloren und etliche Meter den Hang wieder hinabschlitterten, den sie sich gerade erst mühsam hinaufgekämpft hatten.

Als sie endlich den Gipfel erreichten, stand die Sonne nur noch eine Handbreit über dem Horizont.

Der Anblick, der sich ihnen bot, war faszinierend und erschreckend zugleich.

Nach allem, was Delamere erzählt und sie selbst erlebt hatten, hatte Mike einen weit größeren Krater erwartet; und einen, der mit glühender Lava gefüllt war. Der See war jedoch eher klein und maß allerhöchstens zwanzig oder dreißig Meter und er war nicht mit Lava gefüllt, sondern mit brodelndem, dickflüssigem Wasser von unheimlicher grüner Färbung. Blassgrüner Dampf stieg von seiner Oberfläche empor und der Geruch war fast unerträglich. Dann und wann löste sich ein Stein vom Kraterrand, hüpfte hinunter und klatschte ins Wasser und die erstarrte Lava unter ihren Füßen war während der letzten halben Stunde immer wärmer geworden.

»Und Sie sind sicher, dass uns nicht gleich die ganze Insel um die Ohren fliegt?«, vergewisserte sich Mike. »Sicher kann man bei einem Vulkan nie sein«, antwortete Jacques. »Aber es sieht schlimmer aus, als es ist. Ich glaube nicht, dass wir einen Ausbruch erwarten müssen. Wenigstens nicht in den nächsten paar Stunden.«

Mike hoffte, dass Jacques mit dieser Aussage ausnahmsweise einmal richtig lag. Der Anblick des Kraters jedenfalls trug nicht unbedingt zu seiner Beruhigung bei. Der See brodelte und zischte ununterbrochen. Manchmal stiegen große Dampfblasen an seine Oberfläche und zerplatzten; ein Anblick, den Mike noch von einer anderen Gelegenheit her in unangenehmer Erinnerung hatte.

Sie gingen weiter um den Krater zu umrunden. Der Anblick verlor nichts von seiner unheimlichen Wirkung, während sie am Rande des Kraters entlanggingen, aber Mike fiel noch etwas auf. Es war nur eine Kleinigkeit, wahrscheinlich bedeutungslos, aber bemerkenswert: Nicht das gesamte Innere des Kraters bestand aus erstarrter Lava. Ein gut Teil des Berges bestand aus ganz normalem Gestein, zwischen dem es hier und da noch Einschlüsse von Erdreich oder Lehm gab. Sonderbarerweise war etliches davon nicht braun oder grau, wie es sein sollte, sondern blau. Mike hatte noch niemals zuvor blauen Ton gesehen und es war ein sehr seltsamer Anblick. Trotzdem erinnerte er ihn an etwas, ohne dass er genau sagen konnte, woran.

Aber dann hatten sie auch schon die andere Seite des Kraters erreicht, und was sie sahen, nahm Mikes Aufmerksamkeit voll und ganz in Anspruch, sodass er jeden Gedanken an blauen Ton augenblicklich vergaß.

Das Dorf der Pahuma lag weit unter ihnen, genau wie Delamere es prophezeit hatte. Es bestand nur aus einem knappen Dutzend aus Palmblättern und Bambus errichteter Hütten, die sich am Ufer eines kreisrunden Sees gruppierten. Zwei große Feuer brannten und hielten die hereinbrechende Dämmerung zurück. Etliche Gestalten bewegten sich zwischen den Bambushütten hin und her. Mike konnte über die Entfernung nicht genau erkennen, was sie taten, aber sie wirkten ziemlich aufgeregt.

»Ihre Freunde sind in der großen Hütte direkt neben dem Feuer, nicht wahr?«, fragte Mike.

Delamere sah ihn verblüfft an. »Woher weißt du das?«

Mike ignorierte seine Frage. Er konnte nicht darauf antworten, ohne Astaroths Geheimnis zu lüften. Der Kater war vorausgeeilt und hatte sich ein wenig im Dorf umgesehen. Mike wusste bereits, dass die Gefangenen noch unversehrt waren, und auch, dass die Opferzeremonie für Mitternacht geplant war. Sie hatten also noch etwas Zeit.

Er ließ sich in die Hocke hinabsinken und deutete Jacques und Singh dasselbe zu tun. Sollte einer der Pahuma zufällig den Blick heben und nach oben sehen, würden sich ihre Silhouetten deutlich gegen den Horizont abheben.

»Wie kommen wir da rein?«, murmelte Jacques. Mike antwortete auch jetzt nicht, diesmal allerdings, weil er es gar nicht konnte. Sie hatten im Grunde nicht sehr viel gewonnen. Die

Strecke hinunter zum Dorf war ebenso frei und deckungslos wie die vom Fuße des Berges hinauf. Die erstarrte Lava bot keine Möglichkeit, ungesehen ins Dorf zu kommen.

»Wir müssen warten, bis es dunkel ist«, sagte Singh. »Es wird nicht mehr sehr lange dauern. In der Dunkelheit können wir uns an das Dorf anschleichen.«

Jacques widersprach nicht, sondern kroch wortlos ein Stück nach hinten, um vollends in Deckung zu sein, und Mike und Singh folgten ihm. Sie hatten noch eine gute halbe Stunde, ehe es vollkommen dunkel sein würde.

Der ganze Berg zitterte unter ihnen und für einen Moment hörte Mike ein dumpfes, machtvolles Grollen und Rumoren, das tief aus der Erde zu kommen schien. Erschrocken klammerte er sich fest und sah zum Kratersee hinab. Das grün schillernde Wasser bewegte sich hektisch und das Brodeln der aufsteigenden Gasblasen war deutlich stärker geworden.

»Das ist nur Kohlensäure«, sagte Delamere. Er hatte seinen Blick bemerkt. »Keine Angst. Es sieht schlimmer aus, als es ist.«

»Für meinen Geschmack ist es schlimm genug«, sagte Mike. »Ich kann die Eingeborenen fast verstehen.«

»Wie?«, fragte Jacques irritiert.

»Ich sage nicht, dass ich ihnen Recht gebe«, sagte Mike hastig. »Aber sie müssen halb verrückt vor Angst sein. Wenn das alles erst nach Ihrer Ankunft angefangen hat, dann ist es nur verständlich, dass sie Ihnen und Ihren Leuten die Schuld geben.«

»Du irrst dich«, antwortete Jacques heftig. »Sie leben seit Jahrhunderten auf dieser Insel. Vielleicht sogar seit Jahrtausenden. Für die Pahuma ist das ganz normal.«

»Ist es auch normal, dass Fremde in ihrer Welt auftauchen und sich an ihrem Berg zu schaffen machen?«

»Ich habe mich nicht daran zu schaffen gemacht, sondern nur einige wissenschaftliche Untersuchungen vorgenommen!«, verteidigte sich der Belgier. »Wofür hältst du mich? Für einen Zauberer, der auf dem linken Bein herumhüpft, den Mond anheult und damit den Vulkan zum Ausbrechen bringt?«

»Hört auf, euch zu streiten, ihr zwei«, sagte Singh streng.

Delamere blickte ihn giftig an, sagte aber nichts mehr und auch Mike schwieg. Die Heftigkeit von Delameres Reaktion überraschte ihn und er verstand sie auch nicht wirklich. Konnte es sein, dass der Belgier etwas verschwieg?

Nach einer Weile drehte sich Delamere langsam herum und begann in den Krater hinabzuklettern.

»Was haben Sie vor?«, rief Mike ihm nach.

»Ich mache mich ein bisschen am Krater zu schaffen«, antwortete Jacques gereizt. »Mal sehen, ob ich nicht einen kleinen Ausbruch provozieren kann!«

Mike zog es vor, nicht darauf zu antworten. Delamere hatte wirklich Nerven, sich in diesem Moment um seine wissenschaftliche Arbeit zu kümmern!

Er verscheuchte den Gedanken, zog das Sprechgerät unter dem Hemd hervor und wartete, bis Trautman sich meldete.

»Haben Sie etwas herausgefunden?«, begann er übergangslos.

»Eine Menge«, antwortete Trautman. »Aber es ist nicht viel Gutes dabei.«

»Was soll das heißen?«

Selbst über die schlechte Verbindung hinweg war die Sorge in Trautmans Stimme nicht zu überhören. Vielleicht war es aber auch Zorn, denn er fuhr fort: »Nachdem ich wusste, in welcher Sprache es abgefasst war, ist es mir gelungen, einen Teil seines Notizbuches zu entziffern. Unser neuer Freund hat uns das eine oder andere verschwiegen, scheint mir.«

Mike warf einen nachdenklichen Blick zum Krater hinab. Delamere kniete am Ufer und grub mit bloßen Händen im Schlamm. Eine etwas sonderbare Art, wissenschaftliche Untersuchungen vorzunehmen, fand Mike. »Und was?«

»Der unterseeische Ausbruch, den wir miterlebt haben«, antwortete Trautman. »Erinnerst du dich?«

»Flüchtig«, sagte Mike spöttisch.

»Das war kein Zufall«, fuhr Trautman fort. »Ich konnte nicht alles entziffern, aber wie es aussieht, hängen all diese Vulkane irgendwie zusammen. Ich fürchte, dass sie der Reihe nach ausbrechen werden. Der Unterseevulkan, die Insel, auf der wir Delamere gefunden haben ...«

»Und diese Insel«, murmelte Mike.

»Ich fürchte«, bestätigte Trautman. »Wie gesagt, ich konnte nicht alles entziffern. Aber die Wassertemperatur ist in den letzten beiden Stunden spürbar angestiegen und wir haben eine Reihe kleinerer Seebeben registriert. Ich an eurer Stelle würde mir nicht mehr allzu viel Zeit lassen.«

»Wir müssen warten, bis es dunkel ist«, sagte Mike. »Vorher haben wir keine Chance. Sie würden uns sehen.«

»Du hast mich anscheinend nicht richtig verstanden«, antwortete Trautman. »Wenn das, was in diesem Buch steht, eintrifft, dann fliegt diese ganze Insel in die Luft! Es geht nicht mehr nur noch um Delameres Leute! Wir müssen die Pahuma in Sicherheit bringen.«

Mike erschrak. »Was?!«

»Du hast gesehen, was passieren kann«, antwortete Trautman. »Wenn der Ausbruch hier genauso heftig wird wie der auf Delameres Insel, bleibt von den Eingeborenen keiner am Leben! Du musst sie warnen!«

Mike schob sich wieder über den Kraterrand und sah auf das Eingeborenendorf hinab. Bisher hatte er sich keine wirklichen Sorgen gemacht, sondern war davon ausgegangen, dass es ihnen mit Astaroths Hilfe irgendwie gelingen würde, unentdeckt in das Dorf zu kommen und die Gefangenen zu befreien. Jetzt war die Lage plötzlich viel komplizierter.

»Also gut«, seufzte er. »Uns wird schon etwas einfallen. Ich melde mich wieder.« Er steckte das Sprechgerät ein und tauschte einen besorgten Blick mit Singh. Der Inder hatte seine kurze Unterhaltung mit Trautman natürlich mitbekommen und sah ebenso erschrocken und verwirrt drein, wie er sich fühlte. Warum hatte Delamere ihnen das alles verschwiegen?

Es gab nur einen, der diese Frage beantworten konnte. Mike winkte Delamere zu und wartete ungeduldig, bis der Belgier sich endlich von seiner anscheinend so unsinnigen Tätigkeit losgerissen hatte und wieder zu ihnen heraufkam.

»Was ist los?«, fragte Jacques.

»Das frage ich Sie«, antwortete Mike. »Es steht also kein großer Ausbruch bevor, wie?«

»Das habe ich nicht gesagt«, erwiderte Delamere. Er wirkte

plötzlich sehr nervös. »Ich sagte, nicht *unmittelbar.* Das ist ein Unterschied.«

»Sie haben also gewusst, dass auch dieser Vulkan ausbrechen wird«, sagte Singh schockiert. »Was hatten Sie vor? Wollten Sie die Eingeborenen einfach ihrem Schicksal überlassen?«

»Niemand kann genau sagen, ob und wann der Vulkan ausbricht«, verteidigte sich Jacques. »Die Pahuma leben seit Jahrhunderten mit dieser Gefahr. Sie kennen sie besser als ich. Was sollte ich tun? Sie hätten sowieso nicht auf mich gehört!«

Singh wollte auffahren, doch nun war es Mike, der ihn mit einem raschen Blick zur Ruhe brachte. »Dann sagen Sie uns wenigstens jetzt die Wahrheit«, sagte er mit mühsam erzwungener Ruhe in seiner Stimme. »Wie viel Zeit bleibt uns noch?«

Jacques lachte leise. »Genug, Junge«, sagte er. »Wir wären bestimmt nicht hier, wenn ich ernsthaft damit rechnen würde, dass uns der Krater gleich um die Ohren fliegt. Es kann noch Tage dauern, bis der große Ausbruch kommt. Vielleicht sogar Wochen.«

»Aber er kommt«, hakte Mike nach.

Jacques zuckte die Achseln. »Niemand kann das mit Sicherheit sagen.«

»Was muss ich tun um eine klare Antwort von Ihnen zu bekommen?«, seufzte Mike.

»Eine klare Antwort? Von einem Wissenschaftler?« Delamere lachte noch lauter. »Du hast eine Menge Humor, Junge!«

»Und er ist gleich erschöpft«, grollte Mike.

Der Boden erbebte. Diesmal war es kein sachtes Zittern, sondern ein harter Schlag, der sie alle fast aus dem Gleichgewicht brachte und eine ganze Lawine kleiner Steine und Lavabrocken in den Krater hinunterrollen ließ. Das gleiche, dumpfe Grollen erklang, das sie vorhin schon einmal gehört hatten. Aber diesmal hörte es nicht wieder auf, sondern steigerte sich zu einem immer lauter und lauter werdenden Donnern und Dröhnen. Es hörte sich an, als stürzten tief unter der Erde ganze Gebirge zusammen.

Feuerschein erfüllte den Himmel. Mike sah erschrocken hoch, und was er erblickte, das ließ ihm für einen Moment den Atem stocken.

Der ganze Horizont schien in Flammen zu stehen. Der Ozean war geborsten und schleuderte Feuer und schwarzen Qualm in den Himmel. Ein weiterer, unterseeischer Vulkan war ausgebrochen. Mike glaubte nicht, dass er mehr als zwanzig oder dreißig Meilen entfernt war.

»So«, seufzte er. »Wir haben also noch Tage Zeit, wie? Vielleicht sogar Wochen?«

Delamere biss sich auf die Unterlippe. Aber er antwortete nicht.

Sie mussten nicht warten, bis die Sonne unterging. Der Vulkan spie weiter Feuer und Asche in den Himmel, sodass der Tag binnen weniger Minuten einer frühzeitig hereinbrechenden, pechschwarzen Nacht wich. Die Luft roch durchdringend nach Schwefel und Feuer und auch der Boden unter ihren Füßen hörte nicht auf zu zittern.

Mike hatte sich kurz mit Trautman besprochen. Der Plan, den sie ausgearbeitet hatten, war riskant, aber es ging hier um Menschenleben. Und der neuerliche Ausbruch im Meer hatte ihnen allen klargemacht, dass ihnen vermutlich viel weniger Zeit blieb, als sie bisher angenommen hatten.

»Also dann«, sagte er. »Gehen wir. Und bewahren Sie Ruhe, Jacques – ganz egal, was passiert. Überlassen Sie Singh und mir das Reden.«

Delamere machte ein finsteres Gesicht, schluckte aber jeden Kommentar hinunter. Er hatte kein Wort über Mikes Vorhaben verloren, aber das war auch nicht nötig. Er hatte Angst, ins Dorf der Pahuma zurückzukehren. Mike fragte sich nur, warum.

Astaroth?

Der Kater antwortete sofort. Er war vor einer halben Stunde ins Dorf der Pahuma eingedrungen. *Sie sind ziemlich nervös,* sagte er. *Seid vorsichtig, wenn ihr euch nähert.*

Diese Warnung, fand Mike, war höchst überflüssig. Jeder wäre nervös, wenn der Berg, auf dem er lebte, allmählich auseinander zu brechen begann. Er antwortete auch nicht auf Astaroths Worte, sondern stand auf und trat mit einem raschen Schritt über den Kraterrand. Singh und Delamere folgten ihm.

Da der Boden unter ihnen immer noch zitterte und bebte, erwies es sich als äußerst schwierig, auf dem abschüssigen Hang aus zum Teil spiegelglatter Lava zu gehen. Sie konnten sich nur langsam und mit großer Vorsicht bewegen. Mike sah immer wieder aufs Meer hinaus. Der Horizont war hinter einer schwarzen Wand verschwunden, in der ein gleißendes, rot-gelbes Licht loderte; es wirkte wie ein Tor zur Hölle.

Mike war sicher, dass die Kraft der Eruption noch zugenommen hatte. Trotzdem versuchte er nicht schneller zu gehen. Sie durften auf gar keinen Fall Angst zeigen. Und die Pahuma würden sie kaum respektieren, wenn sie ihnen vor die Füße schlitterten, statt gemessenen Schrittes vom Berg herabzukommen.

»Das ist Wahnsinn«, murmelte Delamere. »Sie werden uns auf der Stelle umbringen.«

»Wenn Sie Angst zeigen, bestimmt«, antwortete Singh. »Wollen Sie Ihre Freunde retten oder nicht?«

Sie hatten ungefähr die Hälfte des Weges zurückgelegt, als unten im Dorf noch mehr Aufregung entstand. Etliche Eingeborene gestikulierten in ihre Richtung und Mike sah auch, dass nicht wenige nach ihren Waffen griffen und sich zusammenrotteten. Zum ersten Mal konnte er die Pahuma genau erkennen. Es war ein kleines, muskulöses Volk, die Männer trugen nur Lendenschurz und die Frauen einfarbige Gewänder aus Palmblättern oder Federn, aber die Krieger waren in schreienden Farben bemalt und Mike registrierte voller Unbehagen, dass sie sich mit Keulen, Bogen, Blasrohren und Messern bewaffnet hatten.

»Sagten Sie nicht, sie wären ein friedliches Volk, Jacques?«, fragte er leise.

»Das waren sie auch«, antwortete Delamere.

»Bevor Sie kamen und ein paar von ihnen über den Haufen geschossen haben, ich verstehe«, murmelte Mike – allerdings ganz bewusst so leise, dass Delamere seine Worte wahrscheinlich gar nicht verstand.

Seid bloß vorsichtig! mahnte Astaroths Stimme in seinen Gedanken. *Sie haben Angst. Menschen, die Angst haben, begehen Fehler!*

Mike hielt nach dem Kater Ausschau, konnte ihn aber nirgendwo entdecken – was aber nichts zu sagen hatte. Astaroth war in der Lage, die Gedanken von Menschen auch über größere Entfernungen hinweg zu lesen. Außerdem konnte es durchaus sein, dass er sich ganz in der Nähe befand. Bei dem herrschenden schlechten Licht und mit seinem pechschwarzen Fell war der Kater auf der erstarrten Lava praktisch unsichtbar.

Der mit den albernen Federn auf der Glatze ist der Anführer, sagte Astaroth. *Er macht sich vor Angst gleich in den Lendenschurz, aber er ist gefährlich!*

Die Pahuma kamen ihnen schreiend und aufgeregt mit ihren Waffen gestikulierend entgegen. Mike suchte nach dem Mann, den Astaroth ihm beschrieben hatte, und entdeckte ihn an der Spitze der kleinen Gruppe. Anders als Astaroth fand er den Pahuma allerdings nicht albern, sondern eher beeindruckend. Er war nicht sehr viel größer als anderthalb Meter, was auf alle Pahuma zutraf, sah jedoch ganz und gar wie ein Häuptling aus. Mike hätte selbst ohne Astaroths Worte sofort gewusst, dass er es mit dem Anführer des Stammes zu tun hatte.

Jetzt bildeten die Pahuma einen dichten Kreis um sie. Keulen und Speere wurden geschüttelt und alle schnatterten so aufgeregt durcheinander, dass Mike auch dann kein Wort verstanden hätte, wenn er ihrer Sprache mächtig gewesen wäre. Ihre Gesten waren jedoch eindeutig. Sie standen kurz davor, sich einfach auf Delamere zu stürzen.

Mikes Herz klopfte. Auch er hatte Angst. Ein winziger Fehler und sie würden die nächste Minute nicht überleben.

Trotzdem trat er dem Häuptling mit ruhigen Schritten entgegen, hob die Hände und drehte die Handflächen nach außen um zu zeigen, dass sie leer waren; eine Geste, von der er wenigstens hoffte, dass die Pahuma sie verstanden. Das Schnattern der Eingeborenen wurde noch lauter – und verstummte dann abrupt, als der Anführer den Arm hob und eine befehlende Geste machte. Dann trat er einen Schritt auf Mike zu und blickte ihn an. Er war ein gutes Stück kleiner als Mike und musste den Kopf in den Nacken legen, um ihm in die Augen schauen zu können. Trotzdem kostete es Mike all seine Willenskraft, um dem Blick dieser grauen, durchdringenden Augen standzuhalten.

Der Häuptling sagte etwas in einer schnellen, vollkommen unverständlichen Sprache und Astaroths lautlose Stimme übersetze die Worte praktisch im selben Moment in Mikes Gedanken.

»Warum seid Ihr jetzt erst gekommen, Herr?«

»Jetzt erst?« Mike verstand nicht genau, was der Pahuma überhaupt meinte.

Sie halten euch für Götter, wisperte Astaroths Stimme in Mikes Gedanken. *Sie glauben, dass ihr aus dem Krater gekommen seid. Und außerdem ...*

Außerdem – was? fragte Mike, als Astaroth nicht weitersprach.

Diese Sprache, murmelte Astaroth nachdenklich. *Ich habe sie schon einmal gehört. Ich weiß nur nicht genau, wo.*

»Warum antwortet Ihr nicht, Herr?«, fuhr der Häuptling fort. »Seid Ihr zornig auf uns, weil wir das Opfer noch nicht dargebracht haben?«

Astaroth übersetzte die Worte des Häuptlings praktisch synchron und dann fügte er überrascht hinzu: *Atlantisch! Das ist ein uralter atlantischer Dialekt!*

»Wie bitte?«, sagte Mike laut.

Der Häuptling verstand seine Worte natürlich nicht, aber er registrierte Mikes überraschten Ton und deutete ihn wohl falsch, denn er prallte erschrocken zurück. Auch seine Krieger wurden wieder unruhig. Einige von ihnen schwenkten ihre Waffen, aber noch überwog ihre Furcht vor den drei Fremden, die anscheinend aus dem Krater des zürnenden Vulkans herausgekommen waren.

Serena spricht diesen Dialekt, fuhr Astaroth fort. *Wenn sie hier wäre ...*

Mike sah zum Meer hinab. Die Bucht, in der die NAUTILUS lag, war ebenso in der Schwärze verschwunden wie alles andere. Selbst wenn es nicht so gewesen wäre – Serena würde mindestens eine Stunde brauchen um hierher zu kommen. Außerdem wollte er sie nicht der Gefahr aussetzen, auf einen Vulkan zu klettern, der jeden Moment in die Luft fliegen konnte.

Aber es gab ja noch eine andere Möglichkeit.

Vorsichtig, um die Pahuma nicht durch eine überhastete Bewegung zu einem Angriff zu provozieren, zog er das Sprechgerät aus der Tasche und schaltete es ein. Trautman meldete sich sofort. »Das wurde aber auch Zeit!«, sagte er. »Habt ihr nicht gesehen, was passiert ist? Wir müssen hier weg, und zwar schnell!« Die Pahuma begannen erneut aufgeregt durcheinander zu schnattern, als sie Trautmans Stimme aus dem kleinen Kästchen dringen hörten. Es musste ihnen wie Zauberei vorkommen. Im Moment kam Mike dieser Umstand jedoch äußerst gelegen.

»Ist Serena bei Ihnen?«, fragte er. »Ich brauche sie. Schnell!«

Trautman verschwendete keine Zeit mit überflüssigen Fragen. Nur einen Augenblick später meldete sich Serenas Stimme. Mike erklärte ihr knapp die Lage und auch Serena reagierte sofort. Die Situation an Bord der NAUTILUS schien mittlerweile wirklich brenzlig zu sein.

Mike hielt dem Häuptling das Sprechgerät hin und das Geschnatter der Eingeborenen wurde fast hysterisch, als Serenas Stimme daraus hervordrang; noch dazu in einer Sprache, die sie verstanden. Diesmal dauerte es eine ganze Weile, bis der Häuptling einigermaßen für Ruhe gesorgt hatte. Mike verstand nichts von dem, was sie redeten, aber es schien die Pahuma regelrecht in Panik zu versetzen.

»Was ... geschieht da?«, fragte Delamere stockend.

»Eine gute Frage«, murmelte Mike. *Astaroth?*

Es verging eine geraume Weile, bis Astaroth sich endlich bequemte Serenas Worte zu übersetzen. Und als er es tat, verstand Mike auch, warum. *Der Name des Häuptlings ist Ah'Kal,* sagte der Kater. *Serena hat ihm erzählt, dass ihr Boten des Vulkangottes Ogdy seid und die Pahuma sofort ihre Heimat verlassen müssen.*

»Was?!« Mike schrie fast in das Sprechgerät. »Serena, hast du den Verstand verloren?!«

»Nein«, antwortete Serena. »Aber du, scheint mir. Ihr müsst da oben weg, verstehst du das eigentlich nicht? Dieser ganze Berg kann jeden Moment in die Luft fliegen!«

»Delamere ist da anderer Meinung«, sagte Mike mit einem Blick in Jacques' Richtung.

»Delamere sitzt auch nicht in einem Unterseeboot, das langsam gekocht wird«, antwortete Serena ärgerlich. »Wir können noch zwei Stunden hier bleiben. Allerhöchstens drei. Danach könnte der NAUTILUS zwar vermutlich immer noch nichts passieren, aber ihr hättet keine Möglichkeit mehr, an Bord zu gehen.«

»Ist es so schlimm da bei euch?«, fragte Mike.

»Schlimmer«, meldete sich Trautman.

»Aber Jacques sagt –«

»Jacques«, unterbrach ihn Trautman zornig, »ist entweder ein Lügner oder der unfähigste Vulkanologe auf dieser Seite der Erdkugel. Der Ausbruch auf dem Meeresgrund wird immer stärker.«

»Gerade darum sind wir hier nicht in Gefahr«, mischte sich Delamere ein. »Solange der Druck draußen im Meer entweichen kann, sind wir hier sicher. Es wäre viel schlimmer, wenn alles ruhig bliebe.«

»Darüber diskutieren wir später«, sagte Trautman bestimmt. »Jetzt lassen Sie Serena weiter mit den Eingeborenen reden. Sie müssen den Berg verlassen. *Sofort!*«

»Und es wäre ganz gut, wenn die Pahuma nicht allzu deutlich mitbekommen, dass sich die Boten der Vulkangötter mit ihren eigenen Zauberkarten streiten«, knurrte Singh.

Mike war ganz und gar nicht wohl bei der Geschichte. Er liebte es nicht, sich als Gott aufzuspielen. In den allermeisten Fällen brachte das sehr viel mehr Ärger als Vorteile. Außerdem glaubte er nicht, dass sich Ah'Kal und seine Leute so einfach täuschen ließen. Trotzdem hielt er das Sprechgerät wieder in seine Richtung und hörte zu, wie Serena stockend mit dem Häuptling sprach.

Würde es dir viel ausmachen, mir zu erklären, was sie jetzt sagt?

Dasselbe wie vorher, antwortete Astaroth widerwillig. *Sie versucht Ah'Kal davon zu überzeugen, dass ihr die Boten der Götter seid und sie euch gehorchen müssen. Ich fürchte nur, mit nicht allzu viel Erfolg.*

Wieso?

Delamere, antwortete Astaroth. *Ah'Kal glaubt nicht, dass sich die Boten der Götter mit einem Mörder abgeben.*

Mörder?

Er hat fünf von ihnen getötet, sagte Astaroth.

Mike zögerte einen Moment, dann winkte er Singh heran, gab ihm das Sprechgerät und wandte sich zu Jacques um.

»Ich will jetzt wissen, was hier wirklich passiert ist«, sagte er. »Wieso haben Sie auf die Pahuma geschossen?«

»Das habe ich dir doch schon gesagt«, antwortete Jacques störrisch.

»Ja. Aber es war nicht die Wahrheit«, erwiderte Mike. »Warum haben Sie wirklich auf sie geschossen?«

»Ich hatte keine Wahl«, verteidigte sich Delamere. »Ich habe nichts getan. Wir waren oben am Krater um ein paar Untersuchungen vorzunehmen und da haben sie uns einfach angegriffen! Wir mussten uns verteidigen!«

Für die Pahuma ist der Vulkankrater ein heiliger Ort,

sagte Astaroth. *Es ist ihnen bei Todesstrafe verboten, ihn zu betreten.*

»Nachdem Sie ihren heiligen Ort entweiht haben«, fuhr Mike fort.

»Heiliger Ort! Quatsch!«, sagte Delamere. »Es ist ein Vulkankrater, mehr nicht! Ein Loch in der Erde, das mit Wasser gefüllt ist und bald Feuer speien wird!«

Mike war regelrecht fassungslos. »Und Sie behaupten von sich, ein Wissenschaftler zu sein?« Er schüttelte den Kopf, ersparte sich aber jedes weitere Wort, als er Delameres verständnislosen Blick sah. Stattdessen wandte er sich wieder dem Häuptling zu.

»Ah'Kal, ich muss mit dir reden«, sagte er. »Der Zauberkasten wird meine Worte übersetzen. Ich spreche deine Sprache nicht, aber ich verstehe sie.«

Der alte Häuptling sah ihn wieder auf diese unheimliche durchdringende Weise an und auch Serena gab einen wenig schmeichelhaften Kommentar ab, übersetzte aber in der Folge getreulich seine Worte und Astaroth übersetzte Ah'Kals Antworten. Eine ziemlich komplizierte Art der Kommunikation, aber auch die einzige, die im Moment möglich war.

»Warum bist du mit Kriegern gekommen, Ah'Kal?«, fragte er. »Wieso tragen deine Männer Waffen? Wir sind eure Freunde. Ogdy schickt uns, um euch zu warnen.«

Ah'Kals Augen funkelten vor Misstrauen. Er deutete anklagend auf Delamere. »Dieser da hat fünf unserer Männer getötet. Ogdy würde niemals eines seiner Kinder töten! Wenn du sagst, er ist dein Freund, dann lügst du!«

Allzu weit scheint es mit der Gottesfurcht der Pahuma nicht her zu sein, dachte Mike. Er überlegte sich jedes Wort zweimal, als er weitersprach. »Ogdy zürnt euch nicht«, sagte er. »Dieser Mann gehört nicht zu uns. Und er ist auch nicht unser Freund. Aber ihr dürft seine Begleiter nicht für das verantwortlich machen, was er getan hat! Er hat einen schlimmen Fehler begangen. Zwei seiner Freunde haben bereits mit dem Leben dafür bezahlt. Es ist genug Blut geflossen.«

»Er hat Ogdys Auge entweiht«, beharrte Ah'Kal. »Niemand darf es betreten. Nun ist Ogdy zornig.« Er deutete auf das Meer hinaus. »Vielleicht werden wir alle sterben.«

»Niemand wird sterben«, antwortete Mike rasch. Ganz allmählich begann er zu begreifen, was hier wirklich passiert war. Für die Pahuma war der Vulkankrater offensichtlich heilig. Delamere hatte ihn wohl gegen ihren Willen betreten und damit einen großen Fehler begangen. Nun schienen sie zu glauben, dass die Erdbeben und das Feuer, das aus dem Meer brach, die Strafe der Götter für diesen Frevel war.

»Ich glaube dir nicht«, sagte Ah'Kal. »Ich glaube auch dem Zauberkasten nicht. Wenn ihr von Ogdy gesandt worden wäret, dann würdet ihr seinen Zorn nicht zu fürchten brauchen!«

»Wir sind sterbliche Menschen, genau wie ihr«, antwortete Mike. »Ogdy bedient sich unserer nur, um euch zu warnen. Ihr müsst diesen Ort verlassen, denn bald könnte hier das Gleiche geschehen wie dort.«

Er deutete auf das Meer hinaus. Ah'Kals Blick folgte seiner Geste, aber dann schüttelte er wieder den Kopf. »Ihr lügt!«, sagte er. »Ihr seid Zauberer, aber nicht Ogdy hat euch geschickt, ihr gehört zu ihnen!« Er deutete anklagend auf Delamere und der Ring der Krieger schloss sich wieder dichter um sie.

»Das ist nicht wahr!«, protestierte Mike. »Wir sind hier um euch zu warnen. Ihr müsst fliehen! Alle!«

»Ogdys Zorn wird sich wieder beruhigen, wenn der Frevel getilgt ist«, beharrte Ah'Kal. »Ich durchschaue euch! Ihr seid Zauberer! Ihr lügt! Ihr seid gekommen, um die Frevler zu retten, aber das lasse ich nicht zu! Ihr werdet genauso sterben wie sie!«

Mike konnte regelrecht fühlen, wie die Feindseligkeit der Pahuma wuchs. Ah'Kal sprach weiterhin ganz ruhig, aber in seiner Stimme war plötzlich ein kalter Klang. Ganz langsam hob er das Sprechgerät an die Lippen und sagte: »Trautman? Ich fürchte, es läuft hier nicht ganz so, wie wir gehofft haben. Lassen Sie die NAUTILUS auftauchen. Und schalten Sie alle Scheinwerfer ein, die vorhanden sind.«

»Hältst du das für eine gute Idee?«, fragte Trautman.

»Nein«, gestand Mike. »Aber die Pahuma halten es, glaube ich, für eine gute Idee, uns zusammen mit Jacques und seinen Leuten im Kratersee zu kochen.«

»Ich verstehe«, sagte Trautman düster. »Einen Moment.«

Mike war nicht einmal sicher, ob sie noch diesen einen Moment hatten. Ah'Kals Krieger schlossen sich immer dichter um sie und schüttelten ihre Waffen. Singh und Delamere waren dichter an ihn herangerückt.

»Sieh nach unten, Ah'Kal«, sagte er mit einer Ruhe in der Stimme, die er mittlerweile nur noch mit äußerster Willensanstrengung aufrechterhalten konnte. »Sieh aufs Meer. Und dann sage noch einmal, dass wir Lügner sind!«

Ah'Kal starrte ihn eine Sekunde lang aus seinen durchdringenden Augen an, dann drehte er sich herum und blickte in die Dunkelheit hinab, dorthin, wo sich der Strand und das Meer in der viel zu früh hereingebrochenen Nacht verbargen.

Auch Mike sah in dieselbe Richtung. Nichts geschah. Zehn Sekunden verstrichen, dann zwanzig, schließlich dreißig. Der Strand blieb in vollkommener Schwärze verborgen, die von den glühenden Flammen, die noch immer durch das Meer am Horizont brachen, eher noch verteilt zu werden schien.

Und dann, gerade als Mikes Nervosität zu wirklicher Angst zu werden begann, glomm in der Schwärze am Fuß der Vulkaninsel ein unheimliches, grünes Licht auf.

Trautman bewies deutlich mehr als nur einen gewissen Sinn für Dramatik, als er die NAUTILUS auftauchen ließ. Noch unter Wasser schaltete das riesige Tauchboot sämtliche Scheinwerfer und Lampen ein, die sich an Bord befanden; mit dem Ergebnis, dass die gesamte Bucht in einem unheimlichen, grünen Licht zu erstrahlen schien, aus dem der Umriss der NAUTILUS ganz allmählich emporwuchs. Sie wirkte in diesem Moment tatsächlich viel mehr wie ein riesenhaftes, mythisches Ungeheuer, das aus einer fremden Welt erschien. Der Turm und der gezackte Rückenkamm des Schiffes tauchten schäumend aus den Wellen auf, und die gleißenden Scheinwerferstrahlen tasteten wie bleiche geisterhafte Finger über den Strand. Es war ein Anblick, der selbst Mike für einen Moment schier den Atem verschlug, obwohl er die NAUTILUS nun wirklich zur Genüge kannte.

Und dann geschah noch etwas, und auch wenn sich Mike hinterher sagte, dass es nichts anderes als ein gewaltiger Zufall sein konnte, gab dieser Zufall doch wahrscheinlich den Ausschlag: Der brennende Horizont stieß eine letzte, noch gewaltigere Feuersäule aus – und erlosch.

Im selben Augenblick, in dem die NAUTILUS endgültig durch die Wasseroberfläche brach, endete der unterseeische Vulkanausbruch. Das Donnern und Rumoren hörte auf und eine Sekunde darauf zitterte der Boden unter ihren Füßen nicht mehr.

Ah'Kal drehte sich langsam zu ihm herum. Auf seinem Gesicht lag ein Ausdruck, den Mike nicht ganz deuten konnte. Er wirkte erschüttert, seltsamerweise aber immer noch misstrauisch.

»Nun?«, fragte Mike. Serena machte sich nicht die Mühe, das Wort zu übersetzen, aber Ah'Kal schien seine Bedeutung doch zu erraten. Er deutete auf das Dorf auf der anderen Seite des Kratersees und sagte: »Lasst uns verhandeln.«

Es gab ein großes Hallo und deutliche Erleichterung, als Delamere seine Frau und den Rest der Expedition wieder sah. Trotzdem fiel die Begrüßung merklich kühler aus, als Mike erwartet hatte.

Die Pahuma hatten sie in das größte Haus der Hüttensiedlung geführt, einen lang gestreckten Bau, dessen Inneres aus einem einzigen, großen Raum bestand, in dem sich selbst das Dutzend Gefangene fast verlor. Delamere stellte Mike und Singh seinen Begleitern vor und erzählte mit knappen Worten, was geschehen war. Zu Mikes Erleichterung sagte er nicht, von welchem ganz speziellen Unterseeboot er gerettet worden war. Aber das verschob das Problem nur um ein paar Stunden. Mike war immer noch nicht wohl bei dem Gedanken, so vielen Fremden das Geheimnis der NAUTILUS zu enthüllen.

Im Augenblick aber hatten sie genug andere Probleme. Der Boden hatte zwar aufgehört zu beben, aber Mike war ziemlich sicher, dass sie nur eine Atempause gewonnen hatten. Und selbst Trautmans bühnenreifer Auftritt hatte nicht zu dem gewünschten Ergebnis geführt: Ah'Kal hatte zwar für den Moment darauf verzichtet, sie alle seinem vermeintlich zürnenden Feuergott zu opfern, war aber keineswegs bereit, mit seinem gesamten Volk die Insel zu verlassen. Er hatte versprochen, den Stammesrat einzuberufen und noch in dieser Nacht über das Schicksal der Fremden zu entscheiden, aber das war auch schon alles. Bis es so weit war, waren Singh und er ebenso eingesperrt worden wie alle anderen. Und was das Schlimmste war: Sie hatten die Hütte kaum betreten, da verstummte das Sprechgerät, mit dem er bisher den Kontakt zur NAUTILUS gehalten hatte. Er schaltete das Gerät ein paar Mal ein und aus, schüttelte es und schlug leicht mit den Fingerknöcheln dagegen, ohne mehr als ein misstönendes Rauschen zu ernten.

»Funktioniert es nicht mehr?«

Mike sah hoch und blickte in Delameres Gesicht. Der Belgier war näher gekommen und musterte abwechselnd ihn und das Sprechgerät. »Das wundert mich gar nicht.«

»Wieso?«

»Funktionieren diese Apparate genau so wie die normalen Funkgeräte, die wir normalen Menschen benutzen müssen?«, fragte Jacques spöttisch.

Die ehrliche Antwort wäre gewesen, dass Mike nicht die

geringste Ahnung hatte. Aber er ärgerte sich schon wieder über Delameres spöttischen Ton. Er nickte. »Ich denke schon.«

»Dann ist es ein Wunder, dass es bisher überhaupt funktioniert hat«, sagte Delamere. »Elektromagnetische Störungen. So etwas kommt oft vor, wenn es zu einem wirklich großen Vulkanausbruch kommt. Nicht nur der *sichtbare* Teil der Natur ist in Aufruhr, weißt du?«

»Damit wären wir ja dann gleich beim Thema«, sagte Singh, noch ehe Mike antworten konnte. »Wie viel Zeit bleibt uns noch?«

Delamere seufzte, verdrehte die Augen und maß Singh mit einem so verächtlichen Blick, dass es schon fast an eine Beleidigung grenzte. »Mein lieber Freund«, sagte er abfällig. »Ich dachte eigentlich, ich hätte mich klar und einigermaßen verständlich ausgedrückt. Offensichtlich ist das wohl nicht der Fall. Deshalb sage ich es noch einmal, ganz langsam und zum Mitschreiben: Ich weiß es nicht. Niemand kann das voraussagen, auch ich nicht. Aller Wahrscheinlichkeit nach haben wir noch ein bisschen Zeit.«

Singhs Gesicht verdüsterte sich. Bevor er jedoch explodieren konnte, trat Delameres Frau zwischen die beiden Kampfhähne, hob besänftigend die linke Hand in Singhs Richtung und legte die andere auf Delameres Schulter.

»Bitte entschuldigen Sie das unmögliche Benehmen meines Mannes, Monsieur ...?«

»Singh«, sagte Singh kühl.

»Monsieur Singh«, fuhr Delameres Frau fort. »Mein Mann ist manchmal wirklich sehr unhöflich. Ich fürchte, über all seinen

Forschungen vergisst er nur zu oft seine gute Erziehung. Diese Leute haben Kopf und Kragen riskiert, um unsere Leben zu retten. Also wäre es ja wohl das Mindeste, dass du ihnen ihre Frage beantwortest, meinst du nicht auch, Jacques?«

Delamere antwortete mit einigen Sätzen in seiner Muttersprache, die Mike nicht verstand, zuckte aber dann mit den Schultern und wandte sich wieder an ihn und Singh. »Nicole hat Recht«, sagte er. »Ich entschuldige mich für mein Benehmen. Aber die Wahrheit ist, dass ich es wirklich nicht weiß. Kommt – ich erkläre es euch.«

Er sah sich suchend in der Runde um, ging schließlich ein paar Schritte weit und ließ sich in die Hocke sinken. »Ich beschäftige mich seit mehr als zehn Jahren mit diesem Teil des Ozeans«, begann er. »Aus vulkanologischer Sicht ist er sehr interessant, obwohl es kaum jemand weiß.«

»Wieso?«, fragte Mike.

Delamere malte mit dem Zeigefinger eine Anzahl unregelmäßiger Kreise in den Sand. »Ich habe euch von den Inseln erzählt, erinnert ihr euch?« Er deutete nacheinander auf die krakeligen Kreise. »Sie stellen im Grunde nur den Gipfel eines gewaltigen Gebirges dar, das vom Meeresboden emporragt. Das hier ist die Insel, auf der ihr mich gefunden habt, dies hier ist Hathi, auf der wir uns gerade befinden. Dies«, er deutete auf einen weiteren Kreis, »dürfte der Punkt sein, an dem der Ausbruch vorhin stattgefunden hat. Wenn die Theorie stimmt, die ich in den letzten zehn Jahren entwickelt habe, dann sind alle diese Berge durch ein riesiges System unterirdischer Lavatunnel miteinander verbunden.« Er streckte die Hand aus und begann die Kreise mit einer krakeligen Linie miteinander zu verbinden.

»Das sind sehr viel mehr Inseln, als auf unserer Karte verzeichnet sind«, sagte Mike.

»Ich sagte doch: Es ist ein unterseeisches Gebirge«, antwortete Delamere. »Nicht alle Gipfel sind gleich hoch. Manche ragen nur wenige Meter weit aus dem Wasser, andere sehr weit, wie diese hier, und wieder andere gar nicht.«

»Wie viele von diesen Vulkanen gibt es?«, fragte Mike. Jacques hob die Schultern. »Das ist schwer zu sagen. Ich bin auf Karten angewiesen und habe leider kein solch fantastisches Boot zur Verfügung wie ihr. Aber ich vermute, dass es eine ganze Reihe sind ... vielleicht ein Dutzend, vielleicht sogar mehr.«

»Und die brechen jetzt der Reihe nach aus«, vermutete Mike. »Warum?«

»Wenn ich das wüsste, würde ich den nächsten Nobelpreis bekommen«, antwortete Delamere ernst. »Niemand weiß wirklich, wann und warum Vulkane ausbrechen. Wenn meine Theorie stimmt und all diese Punkte wirklich untereinander verbunden sind, dann müssten die Ausbrüche sozusagen hintereinander erfolgen. Und wahrscheinlich in größer werdenden Abständen.«

»Wieso?«

»Irgendwo tief unter uns, vielleicht fünfzig oder auch hundert Kilometer unter dem Meeresboden, hat sich ein ungeheurer Druck aufgebaut, der heraus muss. Ich vermute – ich *hoffe* –, dass er sich allmählich abbaut, sodass die Abstände zwischen den Eruptionen größer werden.«

Mike sah nachdenklich auf Delameres improvisierte Zeichnung hinab. Was sie selbst erlebt hatten, schien Jacques' Theorie zu bestätigen. Der Ausbruch, der die NAUTILUS unvorbereitet getroffen hatte, und die Katastrophe auf der Insel, auf der Delameres Basislager gestanden hatten, waren im Abstand weniger Minuten erfolgt. Der nächste Ausbruch, der, den sie gerade miterlebt hatten, war dagegen mehr als sechsunddreißig Stunden später erfolgt.

»Aber sicher sind Sie nicht«, murmelte er.

Delamere schüttelte traurig den Kopf. »Ich müsste mehr Informationen haben«, sagte er. »Wenn ich alle diese Krater sehen und untersuchen könnte oder wenigstens einige ... Vielleicht könnte ich dann eine genaue Prognose abgeben. So ist es unmöglich. Deshalb war ich ja letzten Endes oben am Krater.«

»Leider sehen die Pahuma das nicht so«, sagte Mike. Seine Worte taten ihm fast auf der Stelle wieder Leid, denn er sah an Jacques' Reaktion, dass er sie wieder als Vorwurf wertete. Sich zu entschuldigen hätte es aber wahrscheinlich nur schlimmer gemacht und so fuhr er hastig fort: »Dann könnte es genauso gut auch plötzlich wieder aufhören? Wenn der Druck weg ist ... Die letzte Eruption war ziemlich heftig.«

»Ich weiß, worauf du hinauswillst«, sagte Jacques. »Aber ich muss dich enttäuschen. Wenn die Messungen, die ich in den letzten Wochen durchgeführt habe, auch nur halbwegs korrekt sind, dann hat sich dort unten eine ungeheure Spannung aufgebaut. Es würde ein Dutzend Ausbrüche wie den von vorhin benötigen um sie abzubauen.«

»Oder einen besonders heftigen«, erwiderte Mike. »Könnte

man ihn künstlich herbeiführen? An einer Stelle, an der er ungefährlich ist, meine ich?«

»Theoretisch ja«, antwortete Jacques, schüttelte aber zugleich den Kopf. »Leider *nur* theoretisch.«

»Wie?«, fragte Mike.

»Ich ahne, woran du jetzt denkst«, sagte Delamere. »Aber es geht nicht, glaub mir. Man müsste eine Stelle auf dem Meeresgrund finden, an der der Lavastrom der Oberfläche besonders nahe kommt –«

»Wir haben ein Unterseeboot«, unterbrach Mike Delameres Satz.

»– und eine Sprengladung platzieren –«

»Wir haben auch Dynamit an Bord«, sagte Mike.

»– die das Vorstellbare übersteigt. Um diesen Druck abzubauen, müsste das Loch groß genug sein um die ganze Insel dreimal hineinzuwerfen.«

Mike blieb hartnäckig. »Wie tief ist das Meer hier?«, fragte er.

»Drei-, manchmal viertausend Meter«, antwortete Delamere achselzuckend. »Kann die NAUTILUS so tief tauchen?«

»Spielend«, behauptete Mike.

»Es wäre trotzdem Selbstmord«, beharrte Jacques. »Ich würde Wochen brauchen um eine geeignete Stelle zu finden – wenn ich sie überhaupt finde. Und selbst wenn ... Kein Schiff würde die Explosion überstehen.«

»Sie kennen die NAUTILUS nicht«, sagte Mike.

»Das muss ich auch nicht«, erwiderte Delamere ungerührt. »Du machst dir keine Vorstellungen von den Gewalten, die ein Vulkanausbruch freisetzen kann.«

»Ich habe die Insel gesehen, auf der Ihr Lager war«, sagte Mike, aber Jacques schüttelte wieder den Kopf. »Das war nichts. Ein Knallfrosch gegen das, was nötig wäre, um den Druck auf die Bergkette zu entlasten. Es ist sinnlos, glaub mir. Und selbst wenn es nicht so wäre, gäbe es keine Garantie. So etwas ist noch nie versucht worden. Wir müssen die Insel evakuieren.«

Mike widersprach nicht mehr. Seine Idee war ohnehin nicht besonders gut gewesen. Abenteuerlich und spannend – aber ziemlich hirnrissig.

»Also gut«, sagte er. »Dann versuchen wir noch einmal mit Ah'Kal zu reden ... es sei denn, da ist noch etwas, was Sie uns verschwiegen haben.«

Für einen Moment wirkte Delamere tatsächlich betroffen, aber der Augenblick ging schneller vorbei, als Mike sich seiner Sache sicher sein konnte. Vielleicht tat er Jacques auch tatsächlich Unrecht. Sie waren alle nervös. Und so ganz nebenbei befanden sie sich auch alle in höchster Lebensgefahr.

Er wandte sich um, ging zum Ausgang und wollte die Hütte verlassen, wurde jedoch von einem Eingeborenen daran gehindert. »Ah'Kal«, sagte er. »Ich muss Ah'Kal sprechen.«

Zumindest den Namen des Stammesführers musste der Krieger verstanden haben, aber er schüttelte nur den Kopf und gestikulierte aufgeregt und drohend mit seiner Waffe, sodass es Mike nicht angeraten erschien, zu nachhaltig auf seiner Forderung zu bestehen.

Astaroth! dachte er. *Ich brauche deine Hilfe!*

Er bekam keine Antwort. Nachdem einige Sekunden vergangen waren, rief er noch einmal nach dem Kater und diesmal so intensiv, wie er überhaupt nur konnte.

Astaroth reagierte auch diesmal nicht. Er wollte oder konnte nicht antworten.

Unter Mikes Füßen zitterte ganz sacht der Boden, und tief, unendlich tief unter der Erde drang ein drohendes Grollen herauf.

Seine Geduld wurde auf eine Probe gestellt, die mehr als hart war. Eine Stunde verging, dann noch eine und schließlich noch eine. Die Insel bebte in dieser Zeit zwei weitere Male – einmal so heftig, dass die Hütte wankte und alle drinnen erschrocken die Luft anhielten – und Mike versuchte mindestens ein Dutzend Mal zu Ah'Kal vorgelassen zu werden und ungefähr hundertmal Kontakt zu Astaroth aufzunehmen; mit demselben Ergebnis.

Seine Besorgnis nahm allmählich zu. Er war von Anfang an nicht begeistert von Serenas Idee gewesen, sich als Sendbote irgendeines uralten Gottes auszugeben, und wie es schien, hatte er damit nur zu Recht gehabt: Entweder glaubten die Pahuma ihm und seinem »Zauberkasten« kein Wort oder ihre Art, ihre Götter zu behandeln, war etwas eigenwillig. Mike glaubte nicht wirklich, dass die Insulaner ihnen etwas zu Leide tun wollten, aber die Zeit brannte ihnen unter den Nägeln.

Es musste fast Mitternacht sein, als endlich einer der Krieger die Hütte betrat und zielstrebig auf ihn zukam. Er sagte irgendetwas in seiner Muttersprache, gestikulierte dabei wild mit beiden Händen und ließ ein paar Mal ein Wort hören, das sich wie der Name des Stammesführers anhörte.

»Ich glaube, der Häuptling will uns sehen«, sagte Singh und Delamere fügte in ungeduldigem Ton hinzu: »Das wurde aber auch Zeit!«

Als er und Singh sich Mike jedoch anschließen wollten, machte der Eingeborene eine eindeutig abwehrende Handbewegung.

»Es sieht so aus, als wollte er nur mich sehen«, sagte Mike. Er sah, wie sich Delameres Gesicht verfinsterte, und da er sich ungefähr denken konnte, was der Belgier sagen würde, fuhr er rasch und mit einem optimistischen Lächeln fort: »Keine Sorge. Ich glaube, er ist ein ganz vernünftiger Mann. Wir werden schon klarkommen.«

»Na, dann hoffe ich, dass er in der Zwischenzeit Englisch gelernt hat oder eine andere Sprache, die du beherrschst«, sagte Jacques säuerlich. »Oder dass dein ›Zauberkasten‹ wieder funktioniert. Denn wenn nicht, dann habt ihr ein Problem.«

Mike machte ein betroffenes Gesicht. Er sagte zwar nichts, gab Jacques im Stillen aber Recht – er hatte wirklich nicht die leiseste Ahnung, wie er sich mit Ah'Kal verständigen sollte. Er würde eben improvisieren müssen. Jacques und seinen Leuten war es schließlich auch gelungen, sich mit den Pahuma zu verständigen.

Da der Krieger allmählich ungeduldig zu werden begann, beeilte er sich nun ihm zu folgen. Sie verließen die Hütte und gingen am Ufer des kreisrunden Kratersees auf ein anderes Gebäude zu. Trotz der fortgeschrittenen Stunde herrschte im Dorf der Pahuma helle Aufregung. Niemand schlief. Dutzende von Eingeborenen standen zu zweit oder in kleinen Gruppen beisammen, schnatterten aufgeregt oder sahen zur NAUTILUS hinab, die noch immer mit voller Beleuchtung am Fuße der Insel im Wasser lag und mehr denn je an einen bizarren Riesenfisch erinnerte. Viele starrten aber auch wortlos und sehr besorgt in die Richtung, in der der Horizont gebrannt hatte, und Mike entgingen auch keineswegs die Blicke, mit denen sie ihn maßen. Sie waren nicht unbedingt sehr freundlich. Er sah eine Menge Angst darin, aber auch etwas, was ihm nicht besonders gefiel.

Sie betraten die Hütte, die von Fackeln fast taghell erleuchtet war. Anders als die, in der er bisher gewesen war, bestand sie aus mehreren kleinen Räumen, und das Erste, was Mike entgegenkam, war ein wuselndes schwarzes Fellbündel auf vier Beinen.

»Astaroth!«, sagte er erleichtert. Er hatte sich zwar vorgenommen, dem Kater gründlich den Kopf zu waschen, aber in den letzten beiden Stunden hatte er doch angefangen sich ernsthafte Sorgen um Astaroth zu machen, sodass seine Erleichterung, Astaroth gesund und unverletzt wieder zu sehen, deutlich überwog. Trotzdem runzelte er die Stirn und sagte in übertrieben vorwurfsvollem Ton: »Wo bist du gewesen? Wieso hast du dich nicht gemeldet?«

Ich war anderweitig beschäftigt, antwortete Astaroth.

»Anderweitig? Darf ich fragen, womit?«

Aber selbstverständlich darfst du das, antwortete Astaroth freundlich, drehte sich auf der Stelle herum und verschwand im angrenzenden Raum – natürlich ohne seinen Worten irgendeine Art von Erklärung folgen zu lassen. Mike schüttelte den Kopf und machte ein finsteres Gesicht – aber im Stillen hatte er alle

Mühe, ein Grinsen zu unterdrücken. Seufzend folgte er Astaroth durch die Tür –

und riss ungläubig die Augen auf.

Der Raum, den er betrat, war überraschend groß, hell erleuchtet und eingerichtet wie ein Thronsaal. Ah'Kal und vier weitere, mit bunten Federn geschmückte Insulaner saßen im Halbkreis auf dem Boden und redeten mit keiner anderen als Serena, die in ihrem weißen Kleid auf einem aus Bambus und Schilfrohr gefertigten Thronsessel saß und mehr denn je wie eine Prinzessin aussah. Als sie Mike erblickte, unterbrach sie ihr Gespräch mitten im Wort, sprang in die Höhe und eilte ihm entgegen, um ihn fast überschwänglich in die Arme zu schließen – als hätten sie sich Monate nicht gesehen statt ein paar Stunden.

Auch Mike freute sich Serena zu sehen, war aber zugleich auch ziemlich bestürzt. Mit sanfter Gewalt schob er Serena auf Armeslänge von sich fort, hielt sie aber zugleich am Handgelenk fest. »Was um alles in der Welt tust du hier?«, fragte er. »Weißt du nicht, wie gefährlich es hier ist?«

»Astaroth hat mich hergebracht«, antwortete Serena. Mike drehte sich zu dem Kater herum und holte gerade tief Luft, um ihn zusammenzustauchen, da fuhr Serena mit leicht erschrockener Stimme fort: »Ich habe ihn darum gebeten.«

»Aber warum denn?«, sagte Mike fassungslos. »Es ist gefährlich hier! Dieser ganze Berg kann jeden Moment in die Luft fliegen!«

»Genau aus diesem Grund bin ich hier«, antwortete Serena. »Die Sprechgeräte funktionieren nicht mehr. Wir haben uns Sorgen um dich gemacht.«

»Und da hat Trautman ausgerechnet dich geschickt?«, murmelte Mike ungläubig.

»Ich wollte es so«, sagte Serena. »Ich habe sogar darauf bestanden um genau zu sein.«

»Aber warum denn bloß!«

»Du machst mir Spaß«, antwortete Serena. »Diese Leute sprechen die Sprache meines Volkes! Du an meiner Stelle wärst auch gekommen!«

Mike konnte ihr nicht einmal widersprechen. Seit Serena aus ihrem zehntausendjährigen Dornröschenschlaf aufgewacht war, war sie auf der Suche nach anderen Überlebenden ihres Volkes; bisher allerdings praktisch ohne Erfolg. Die Begegnung mit den einzigen anderen Atlantern, auf die sie bisher gestoßen waren, hätte um ein Haar in einer gigantischen Katastrophe geendet. Er an ihrer Stelle wäre vermutlich auch gekommen.

Aber das änderte nichts daran, dass sie sich in einer äußerst gefährlichen Lage befanden. »Und?«, fragte er trotzdem. »Sind es Nachkommen deines Volkes?«

Eigentlich hätte er sich diese Frage sparen können. Ein einziger Blick auf die kleinwüchsigen, gedrungenen Insulaner machte klar, dass sie bestimmt nichts mit den hoch gewachsenen, hellhäutigen Bewohnern des untergegangenen Kontinents zu tun hatten. Serena schüttelte auch nur den Kopf und machte ein trauriges Gesicht. »Nein. Ich glaube, ihre Vorfahren hatten Kontakt mit meinem Volk. Aber sie kennen nur noch ein paar Legenden.«

»Das Alte Volk hat unsere Ahnen beschützt«, sagte Ah'Kal in fast akzentfreiem Englisch. »Es hat unsere Vorfahren auf die Insel gebracht, wo es vor seinen Feinden in Sicherheit war und fruchtbaren Boden und reiche Fischgründe fand.«

Mike starrte den Pahuma mit offenem Mund an. Das Gesicht des alten Insulaners blieb vollkommen ausdruckslos, aber in seinen Augen war ein ganz sachtes, spöttisches Glitzern und Mike fragte sich, ob es vielleicht die ganze Zeit über darin gewesen war und er es nur nicht bemerkt hatte. »Sie ... Sie sprechen unsere Sprache?«, murmelte er.

»Wir leben auf dem Platz, den uns das Schicksal zugeteilt hat«, sagte Ah'Kal. »Und wir leben im Einklang mit der Natur und brauchen keine Technik und keine Maschinen. Doch ihr seid nicht die Ersten, die mit eisernen Schiffen hierher kommen und versuchen uns ihre Art zu leben aufzuzwingen.«

»Und die so tun, als wären sie Sendboten der Götter«, murmelte Mike zerknirscht. »Wir haben uns ganz schön blamiert, wie?«

Ah'Kal deutete auf Serena. »Das Mädchen des Alten Volkes hat uns erzählt, warum ihr so gehandelt habt. Es war falsch, aber wir erkennen eure gute Absicht.« Zum ersten Mal, seit Mike den Pahuma kennen gelernt hatte, lächelte der alte Mann. »Hast du wirklich geglaubt, dass wir dich für einen Boten der Götter halten? Abgesandte der Götter bitten nicht. Sie befehlen.«

»Hmm«, machte Mike – was in diesem Moment zweifellos die intelligenteste Antwort war, die ihm einfiel. Zugleich suchte sein Blick nach Astaroth. Der Kater stand mit steil aufgestelltem Schwanz neben Serena, rieb sich an ihrem Bein und hatte das unverschämteste Cheshire-Cat-Grinsen aufgesetzt, das Mike jemals gesehen hatte.

Das findest du jetzt witzig, wie? grollte Mike in Gedanken. *Dein Humor wird allmählich gefährlich.*

Wieso Humor? fragte Astaroth harmlos. *Du liegst mir seit Jahren in den Ohren, dass ich nicht in den Gedanken der Menschen herumstöbern soll, die das nicht wünschen. Und jetzt wirfst du mir vor, dass ich genau das getan habe, was du seit Jahren von mir verlangst?* Mike ersparte sich eine Antwort, aber er dachte intensiv an Katzen und spitze Stöcke und die eine oder andere interessante Möglichkeit, Letztere einzusetzen, und er hätte wetten können, dass Astaroth unter seinem schwarzen Fell deutlich erbleichte.

»Na, dann ist ja alles in Ordnung«, wandte er sich an Ah'Kal. »Hat Serena euch erzählt, was hier geschieht?«

»Ogdy ist zornig«, antwortete Ah'Kal. Es klang sehr ernst, und diesmal war das spöttische Funkeln in seinen Augen eindeutig erloschen. Mike sah zu Serena, aber sie deutete nur ein Achselzucken an und machte ein langes Gesicht. Vorsichtig fuhr er fort: »Ich will mich bestimmt nicht über euren Glauben lustig machen, Ah'Kal, aber wir glauben nicht, dass das, was hier geschieht, auf das Wirken der Götter zurückzuführen ist. Es ist ein Vulkanausbruch und er ist nicht zu Ende.«

»Ist es nicht egal, welchen Namen man einem Ding gibt?«, fragte Ah'Kal.

»Das stimmt«, sagte Serena rasch. »Aber was Mike sagte, ist trotzdem die Wahrheit. Es ist noch nicht zu Ende. Im Gegenteil: Ich fürchte, dass es noch schlimmer wird. Die ganze Insel könnte zerstört werden. Euer aller Leben ist in Gefahr.«

»Wir sind Ogdys Kinder«, antwortete der Häuptling. »Er würde uns niemals etwas zu Leide tun.«

»Euer Glaube in Ehren«, sagte Mike vorsichtig. »Aber in diesem Fall –«

Überleg dir, was du sagst, unterbrach ihn Astaroth. *Sie nehmen ihren Glauben ernst.*

»Wir werden nicht hier weggehen«, sagte Ah'Kal bestimmt. »Ogdy hat uns schon oft gezürnt. Wir vertrauen darauf, dass er seine Kinder auch diesmal verschonen wird.«

»Aber –«

»Gib dir keine Mühe, Mike«, unterbrach ihn Serena. »Ich habe eine Stunde lang mit ihnen geredet. Sie werden die Insel nicht verlassen.«

»Dann hört wenigstens auf sie!« Mike schrie fast. »Ihr habt selbst gesagt, sie ist ein Kind des Alten Volkes.«

»Uns wird nichts geschehen«, sagte Ah'Kal sanft. »Wir vertrauen auf unser Schicksal.«

»Und wenn ihr euch täuscht?«, fragte Mike. Er sah aus den Augenwinkeln, wie Serena erschrocken zusammenfuhr, aber der alte Stammesführer blieb weiter ruhig.

»Wenn die Götter so entschieden haben, dann ist es nicht an uns, an ihrem Willen zu zweifeln«, sagte er. »Unser Volk lebt auf dieser Insel, solange wir denken können. Vielleicht ist unsere Zeit irgendwann abgelaufen, vielleicht werden wir länger leben als ihr. Wer will das wissen?«

Er machte eine Bewegung, mit der er das Thema für beendet erklärte, und Mike musste nur einen einzigen Blick in sein Gesicht werfen um zu begreifen, dass jedes weitere Wort überflüssig gewesen wäre. Die Pahuma würden diesen Ort nicht verlassen.

»Ihr solltet jetzt gehen«, sagte Ah'Kal nach einer Weile. »Wir vertrauen auf unsere Götter, aber vielleicht sind sie ja mit euch nicht so duldsam wie mit uns. Du und deine Freunde, ihr könnt gehen.«

»Und Delamere?«, fragte Mike.

Ah'Kals Gesicht verhärtete sich. »Die Fremden haben unsere Gesetze gebrochen«, sagte er. »Wir haben sie freundlich aufgenommen. Wir haben sie bewirtet wie Könige und ihnen die Hand in Frieden gereicht. Aber sie haben unsere Gesetze gebrochen. Sie haben unsere Götter gelästert. Und sie haben Männer unseres Volkes getötet. Sie werden sich unseren Gesetzen stellen müssen.«

»Das heißt, ihr wollt sie töten«, sagte Mike.

»Es ist Blut geflossen«, sagte Ah'Kal. »Ogdys Gesetze sagen, dass Blut nur mit Blut fortgewaschen werden kann.«

»Sagt Ogdys Gesetz auch, dass Unschuldige für etwas büßen müssen, was sie nicht getan haben?«, fragte Mike. »Delameres Frau und seine Leute haben nichts getan. Er und die zwei anderen haben deine Krieger getötet. Zwei von ihnen haben bereits mit dem Leben dafür bezahlt. Und ich verspreche dir, dass ich dafür sorgen werde, dass sich Delamere vor einem Gericht verantworten muss.«

Tatsächlich schien Ah'Kal einen Moment lang über diesen Vorschlag nachzudenken. Aber dann schüttelte er den Kopf. »Ich vertraue euren Gesetzen nicht«, sagte er. »Ich glaube dir, dass du es ehrlich meinst, aber ich glaube nicht an eure Gerechtigkeit. Das Blut unseres Volkes wurde vergossen und dieses Verbrechen muss hier gesühnt werden.«

»Dann seid ihr nicht besser als er!«, sagte Mike. Ah'Kal runzelte die Stirn und Serena riss die Augen auf und wurde kreidebleich, aber Mike fuhr mit fester Stimme fort: »Ich weiß nicht viel von euren Göttern, Ah'Kal. Aber ich kann nicht glauben, dass es Ogdys Wille ist, das Blut Unschuldiger zu vergießen, um die Verbrechen eines anderen zu sühnen.«

Für einen Moment schien die Zeit stehen zu bleiben. Serena hielt vor Entsetzen die Luft an und Astaroth riss sein einziges Auge auf und starrte ihn an. In das atemlose Schweigen hinein sagte Ah'Kal: »Du zeigst großen Mut, so zu reden. Hast du keine Angst, dir Ogdys Zorn zuzuziehen?«

Oder seinen? fügte Astaroth hinzu.

»Nicht, wenn er ein gerechter Gott ist«, antwortete Mike.

Ah'Kal brachte es irgendwie fertig, zu lächeln und dabei gleichzeitig sehr ernst zu bleiben. »Ogdy ist ein gerechter Gott«, antwortete er. »Niemand wird getötet. Er selbst wird über das Schicksal der Fremden entscheiden.«

»Was ... meinst du damit?«, fragte Mike zögernd.

Der Pahuma deutete auf ihn, dann auf Serena. »Ihr und der Mann, der mit euch gekommen ist, ihr mögt gehen. Steigt in euren eisernen Fisch und bringt euch in Sicherheit, wenn Ihr wirklich glaubt, dass dieser Ort nicht mehr sicher ist. Die anderen aber bleiben hier. Ogdy wird über ihr Schicksal entscheiden. Es war ihr Frevel, der die Götter erzürnt hat. Wenn dieser Ort untergeht, dann sterben auch sie. Verschonen uns die Götter, dann werden auch sie leben.«

»Dann könnt ihr sie genauso gut gleich erschießen«, sagte Mike.

»So lautet unsere Entscheidung«, sagte Ah'Kal. »Nun geht. Bevor die Götter die Geduld mit euch verlieren.«

Oder er, sagte Astaroth.

Mike hätte auch so gespürt, wie gefährlich der Moment war. Ah'Kals Geduld war erschöpft und wahrscheinlich konnte er ihnen auch gar nicht weiter entgegenkommen, ohne vor seinen Leuten das Gesicht zu verlieren. Aber sie konnten auch nicht einfach gehen und fast ein Dutzend Menschen einfach ihrem Schicksal überlassen!

Aber was sollte er tun? Es gab absolut nichts, was den Stammesführer vielleicht noch umstimmen konnte. Nichts, außer ...

Aber dieser Gedanke war vollkommener Wahnsinn. Und trotzdem: »Beantworte mir noch eine Frage, Ah'Kal«, sagte er. »Was, wenn es uns gelänge, die Götter wieder zu beruhigen?«

»Wie könntest du das wohl – wo du nicht einmal an sie glaubst?«, fragte Ah'Kal spöttisch.

»Ich kann es auch nicht«, erwiderte Mike. »Aber vielleicht kann es der Mann, der eurer Meinung nach die Schuld am Zürnen der Götter trägt.«

Bist du sicher, dass du genau weißt, was du tust? fragte Astaroth nervös.

Mike ignorierte ihn. Ganz bewusst. Hätte er auch nur eine Sekunde ernsthaft über seinen eigenen Vorschlag nachgedacht, dann hätte er sich vermutlich eher die Zunge abgebissen als weiterzusprechen.

»Dieser Fremde? Warum sollte ich ihm trauen?«

»Weil er vielleicht in der Lage ist, den Schaden wieder gutzumachen«, antwortete Mike. »Mit unserer Hilfe.«

»Er ist schon einmal geflohen und hat seine Freunde im Stich gelassen«, antwortete Ah'Kal.

»Diesmal nicht«, versicherte Mike. »Ich werde ihn begleiten. Ich gebe dir mein Wort, dass er nicht fliehen wird.«

»Und was sagst du dazu, Tochter des Alten Volkes?«, fragte der Pahuma.

Mike sah Serena deutlich an, dass sie am liebsten gar nichts dazu gesagt hätte; und so ganz nebenbei auch, dass sie in diesem Moment heftig an seinem Verstand zweifelte. Und wieso auch nicht? Schließlich konnte sie von seinem Gespräch mit Delamere nichts wissen. Mike wünschte sich ja fast schon selbst, es nicht geführt zu haben. Schließlich zuckte Serena mit den Schultern und sagte: »Ich vertraue Mike. Wenn er glaubt, eure Götter beruhigen zu können, dann wird es ihm auch gelingen. Vielleicht«, fügte sie ganz leise hinzu.

Ah'Kal sah sie einen Augenblick lang nachdenklich und durchdringend an, aber dann nickte er. »So soll es sein«, sagte er. »Mögen die Götter entscheiden. Über das Schicksal der Fremden und das von uns allen.« Er wandte sich an Mike. »Du und der Mann, den du Delamere nennst, ihr mögt gehen. Die anderen werden hier bei uns bleiben und auf Ogdys Gnade hoffen.«

Mike atmete erleichtert auf – und sah erst dann den Schrecken in Serenas Augen. Aber es dauerte noch einmal ein paar Sekunden, bis er *wirklich* begriff, was Ah'Kals Worte bedeuteten.

»Und ... Serena und Singh?«, fragte er.

»Die Tochter des Alten Volkes und dein Freund bleiben hier«, antwortete der Häuptling. »Die Götter werden über ihr Schicksal entscheiden.«

»Du willst *was?!* Hast du vollkommen den Verstand verloren?«

Mike zog den Kopf zwischen die Schultern, wich einen halben Schritt vor Trautman zurück und sah sich in der Kommandozentrale der NAUTILUS um, als suche er ein Mauseloch, in dem er sich verkriechen konnte.

Am liebsten hätte er genau das getan. Es war eine der ganz seltenen Gelegenheiten, bei denen er Trautman schreien hörte. Und eine der noch selteneren Gelegenheiten, bei denen er miterlebte, dass der weißhaarige Steuermann der NAUTILUS drauf und dran war, die Beherrschung zu verlieren.

Nicht dass Mike Trautman nicht verstehen konnte. Insgeheim gab er ihm sogar Recht. Seit ihre Abenteuer an Bord der NAUTILUS begonnen hatten, hatte er schon eine Menge schlechter Ideen gehabt ... aber diese war mit Abstand die schlechteste.

»Ich bin nicht ganz unschuldig daran«, mischte sich Delamere ein. »Im Grunde war es meine Idee. Aber es war nur eine *Theorie*. Ich meine: So wie man theoretisch auch zum Mond fliegen könnte.«

»Eine Theorie, die das Leben von einem Dutzend Menschen in Gefahr bringt!«, grollte Trautman.

»Und so ganz nebenbei auch unsere eigenen«, fügte Ben hinzu.

»Ich sagte bereits, es tut mir Leid«, verteidigte sich Jacques.

»Ich habe mich wohl nicht klar genug ausgedrückt. Ich dachte, Mike hätte verstanden, dass es nur ein Gedankenspiel ist.«

»Das macht es auch nicht besser«, grollte Trautman. Eine Sekunde lang war Mike fest davon überzeugt, dass sich sein Zorn nun auf den Belgier entladen würde, aber dann seufzte er nur, schüttelte den Kopf und trat an sein Instrumentenpult.

»Herzlichen Glückwunsch«, sagte Ben spöttisch. »Du hast ja schon eine Menge Mist gebaut, aber das schießt wirklich den Vogel ab!«

»Was hätte ich denn tun sollen?«, verteidigte sich Mike. »Vielleicht –«

»Hört auf zu streiten«, sagte Trautman vom Kontrollpult aus. Ohne von seinen Instrumenten aufzusehen fuhr er fort: »Das hilft uns jetzt auch nicht mehr. Monsieur Delamere, kommen Sie her. Ich brauche Sie, um den genauen Kurs zu ermitteln.«

»Kurs?« Delamere blinzelte. »Aber ... was denn für einen Kurs?«

Trautman sah hoch und spießte ihn mit Blicken regelrecht auf. »Den Kurs dieser Erdspalte, von der Sie Mike erzählt haben.«

Jacques wurde noch ein bisschen blasser, als er sowieso schon war. Und noch nervöser. »Aber was denn für eine Erdspalte, um Himmels willen?«, murmelte er. »Ich ... Ich weiß ja noch nicht einmal, ob es sie gibt! Verstehen Sie denn immer noch nicht, dass ich nur von einer Theorie gesprochen habe?« Seine Stimme wurde bei den letzten Worten schrill.

»Dann haben Sie jetzt eine wunderbare Gelegenheit, Ihre Theorie zu überprüfen«, antwortete Juan ruhig. »Ihr ... ihr wollt das doch nicht wirklich tun!«, stammelte Jacques. »Das ist doch der helle Wahnsinn.«

»Haben Sie einen besseren Vorschlag?«, fragte Ben.

»Wir können Hilfe holen«, antwortete Jacques.

»Sie meinen: Wir können fliehen und unsere Freunde im Stich lassen«, sagte Ben abfällig. »Tut mir Leid. Das mag ja *Ihre* Art sein, Ihre Freunde zu behandeln, aber nicht unsere.« Er wandte sich an Mike. »Haben wir eine Chance, Serena und Singh zu befreien ... und die anderen auch?«

Mike schüttelte schweigend den Kopf. Auf dem ganzen Weg vom Berg hier herunter hatte er über nichts anderes nachgedacht als genau über diese Frage, aber es war unmöglich. Die Pahuma bewachten ihre Gefangenen zu gut. Und ein gewaltsamer Befreiungsversuch kam nicht in Frage.

»Dann ist es bereits entschieden«, sagte Trautman. »Meinen Glückwunsch, Monsieur Delamere. Sie haben die einmalige Chance, sich den Nobelpreis zu verdienen.«

Es war dunkel. Die NAUTILUS befand sich in mehr als achthundert Metern Tiefe, einem Bereich des Ozeans also, in den noch nie ein Sonnenstrahl gedrungen war und ewige Nacht herrschte. Das Wasser, durch das das Tauchboot glitt, war jedoch von einem unheimlichen, düsterroten Glühen erfüllt, das aus einer Anzahl breiter, gezackter Risse aus dem Meeresgrund drang. Und es war *heiß.* Ein flüchtiger Blick auf die Instrumente zeigte Mike, dass das Wasser, durch das die NAUTILUS glitt, fast hundert Grad heiß war und seine Temperatur immer noch stieg. Der Druck in dieser Tiefe war bereits so groß, dass der Siedepunkt des Wassers bei annähernd zweihundert Grad liegen musste. Mike fragte sich, ob die NAUTILUS überhaupt im Stande war, solche Temperaturen über längere Zeit auszuhalten. Er hatte bereits jetzt das Gefühl, dass es hier drinnen spürbar wärmer geworden war. Natürlich stimmte das nicht. Die Temperatur im Salon der NAUTILUS betrug genau einundzwanzig Grad Celsius, wie immer; trotzdem war er am ganzen Leib in Schweiß gebadet.

Und nicht nur er. Mit Ausnahme Delameres, der am Tisch saß und nervös Zahlen auf Papier kritzelte, hatten sie alle ihre Plätze an den Kontrollinstrumenten des Schiffes eingenommen und Ben, Chris, Juan und selbst Trautman waren nicht nur ungewohnt schweigsam, sondern auch ziemlich nervös und wie er in Schweiß gebadet.

Vor gut einer Stunde waren sie von Hathi losgefahren und hatten Kurs auf den Punkt im Meer genommen, an dem der unterseeische Vulkan ausgebrochen war. Die NAUTILUS war nur wenige Meilen weit über das Meer gefahren, dann hatte sie der schwere Seegang gezwungen zu tauchen und ihren Weg unter Wasser fortzusetzen.

Ruhiger war ihre Fahrt nicht geworden. Das Meer befand sich in Aufruhr und nicht nur an der Oberfläche. Die NAUTILUS erbebte in fast regelmäßigen Abständen unter harten Stößen, die vom Meeresgrund ausgingen und den gesamten Ozean erschütterten. Mike hatte Delamere nicht extra fragen müssen um zu begreifen, dass sich der Vulkanologe in seiner Vorhersage kräftig verschätzt hatte.

Das Bild vor dem Fenster sprach seine eigene, sehr deutliche

Sprache. Bis zum nächsten großen Ausbruch des unterseeischen Vulkans würden nicht mehr Tage oder gar Wochen vergehen, sondern wahrscheinlich nur noch Stunden. Sie hatten den Ort des letzten Ausbruchs noch lange nicht erreicht. Trotzdem war der Meeresboden hundert Meter unter ihnen von einem Gewirr rot leuchtender, gezackter Linien durchzogen, das langsam, aber trotzdem in sichtbarer Geschwindigkeit wuchs und dabei beständig dichter wurde. An manchen Stellen sah es tatsächlich aus wie ein Spinnennetz. Mike fragte sich, wie lange der Meeresgrund dem immer stärker werdenden Druck noch standhalten konnte.

Wieder erzitterte die NAUTILUS unter einem harten Schlag. Irgendwo zerbrach Glas und aus dem gleichmäßigen Dröhnen der Motoren wurde für einen Moment ein unregelmäßiges Stampfen.

»Sehr viel näher können wir nicht heran, Monsieur Delamere«, sagte Trautman.

»Ich dachte, dieses Schiff ist so fantastisch«, knurrte der Belgier ohne von seinen Berechnungen aufzusehen.

»Die NAUTILUS wurde dafür gebaut, den Wasserdruck in extremen Tiefen auszuhalten«, antwortete Trautman kühl, »nicht in einem Dampfkessel herumzufahren.«

Delamere schrieb noch einige Sekunden lang scheinbar ungerührt weiter, dann sprang er mit einem plötzlichen Ruck auf und warf den Bleistift mit solcher Kraft auf den Tisch, dass der Stift in zwei Teile brach. »Ich kann das nicht!«, rief er. »Ich habe weder die nötigen Daten noch genügend Erfahrung! Niemand hat das! Weil so etwas noch niemals gemacht worden ist!«

»Irgendwann ist immer das erste Mal«, sagte Trautman gelassen. »Was wollen Sie? Bisher hat sich Ihre Theorie bestätigt. Der Lavastrom scheint sich genau auf die Insel zuzubewegen.«

»Ziemlich schnell«, fügte Mike hinzu.

Delamere blickte ihn düster an, drehte sich dann um und sah mit noch finstererem Gesichtsausdruck aus dem Fenster. »Das ist es ja gerade«, sagte er. »Es geht viel zu schnell. Der Druck dort unten muss sehr viel größer sein, als ich angenommen habe.«

»Und was genau heißt das?«, fragte Ben.

»Dass uns weniger Zeit bleibt, als ich dachte«, antwortete Jacques. »Vielleicht nur noch ein paar Stunden.«

»Dann sollten wir vielleicht nicht noch mehr Zeit verlieren«, sagte Trautman. Er deutete zum Fenster. »Wir sind fast zwanzig Seemeilen von Hathi entfernt und über uns liegt fast ein Kilometer Wasser. Das sollte der Eruption eigentlich die schlimmste Wucht nehmen.«

»Hier?« Delameres Stimme klang schon wieder ein bisschen hysterisch. Mike fragte sich allerdings, ob es nur am Anblick der lavagefüllten Spalten und Risse hundert Meter unter ihnen auf dem Meeresgrund lag. Für einen Moment wünschte er sich, sie hätten Astaroth bei sich. Auch wenn er immer noch das Gefühl hatte, dem Vulkanologen Unrecht zu tun, so traute er ihm doch weniger denn je. Delamere verheimlichte ihnen etwas. Man musste nicht wie Astaroth Gedanken lesen können um das zu erkennen. Mike fragte sich nur, ob es tatsächlich nur die Furcht vor den entfesselten Naturgewalten war, deren Zeuge sie wurden, oder vielleicht doch mehr, und wenn ja, was. Letztendlich stand auch Delameres Leben auf dem Spiel.

»Sie haben es selbst gesagt«, sagte Trautman. »Wir haben nicht mehr sehr viel Zeit.«

»Das stimmt«, gestand Delamere. Er trat einen Schritt weiter ans Fenster heran. Das rote Licht, das vom Meeresgrund heraufstrahlte, spiegelte sich auf seinem Gesicht.

»Es ist zu nah«, murmelte er.

»Zu nah wofür?«, wollte Trautman wissen.

»Die Insel«, antwortete Jacques. »Wenn der Vulkan ausbricht, könnte sie trotzdem zerstört werden.«

»Aber wir sind gut zwanzig Seemeilen entfernt!«, gab Juan zu bedenken, aber Delamere schüttelte nur den Kopf.

»Das ist nichts«, behauptete er. »Ihr macht euch immer noch keine Vorstellungen davon, mit welchen Gewalten wir es hier zu tun haben. Der Ausbruch vorhin war nur ein kleines Rumoren, nicht mehr.« Er drehte sich zu Trautman herum. »Wir müssen die Entfernung vergrößern«, sagte er. »Mindestens noch einmal das Doppelte, besser mehr.«

Trautman sah ihn nachdenklich an. »Bleibt uns genug Zeit?«

Jacques zuckte die Schultern. »Das weiß ich nicht«, antwortete er – ein Satz, den Mike für seinen Geschmack in den letzten Stunden ein paar Mal zu oft von Delamere gehört hatte. »Aber wenn wir nur einen kleinen Ausbruch auslösen, haben wir nichts gewonnen. Wenn es uns gelingt, den gesamten Druck auf den Lavakanal zu entlasten, dann müssen wir eine unvorstellbare Eruption provozieren. Sie würde die Insel vielleicht nicht vollkommen zerstören, aber nichts könnte dort überleben.«

»Dann bleibt uns keine Wahl«, sagte Trautman. »Zwanzig oder dreißig Seemeilen sind eine halbe Stunde bei voller Fahrt.

Das Risiko müssen wir eben eingehen.« Er nickte Juan und Ben zu, den neuen Kurs einzugeben, und betätigte gleichzeitig ein paar seiner Instrumente, woraufhin sich das Motorengeräusch veränderte und die NAUTILUS wieder Fahrt aufnahm. Zugleich stieg sie ein wenig höher, sodass das rote Glosen und Wabern unter ihnen zu einem blassen, kaum noch sichtbaren Schimmern wurde.

Es wurde wieder sehr still. Mike und die anderen taten so, als wären sie voll und ganz mit ihren Geräten beschäftigt, aber Mike war nicht der Einzige, der immer wieder nervös zum Fenster sah. Vor allem Delamere schien sich kaum noch auf seine Berechnungen konzentrieren zu können. Er fuhr sich ständig mit der Hand über das Gesicht um den Schweiß fortzuwischen, strich Zahlen und Buchstabenkolonnen durch, schüttelte den Kopf oder murmelte leise in seiner Muttersprache vor sich hin. Der Gedanke, einem Mann mit einem so sichtbar angegriffenen Nervensystem ihrer aller Schicksal anzuvertrauen, gefiel Mike immer weniger.

»Erklären Sie mir doch noch einmal ganz genau, was Sie vorhaben«, sagte er, um Delamere abzulenken und vielleicht auch sich selbst ein bisschen.

Jacques sah nervös von seinem Blatt hoch. »Alles kommt darauf an, ob meine Schätzungen richtig sind«, sagte er. »Das ist es ja, was mir solche Sorge bereitet: Es sind nur Schätzungen. Ich bin ja niemals hier unten gewesen wie ihr.«

»Wir wären auch lieber woanders, glauben Sie uns«, sagte Ben.

Jacques warf ihm einen raschen, fast erschrockenen Blick zu, drehte sich dann aber wieder zu Mike herum und fuhr fort: »Es ist im Grunde ganz simpel. Es muss hier unten unter dem Meeresgrund ein ganzes Gewirr von Lavagängen und Stollen geben, die offensichtlich alle miteinander verbunden sind. An manchen Stellen verlaufen sie tief unter der Erde, an anderen weniger tief und an einigen Punkten ist die Erdkruste so dünn, dass sie dem Druck nicht mehr standhält – das sind die Vulkane, die bisher ausgebrochen sind. Wir müssen eigentlich nur einen Punkt finden, an dem genügend dieser Kanäle zusammentreffen. Wenn wir einen Ausbruch an dieser Stelle provozieren, dann könnte vielleicht genug Lava entweichen, damit der Druck auf die anderen Krater deutlich nachlässt.«

Es war tatsächlich ein ganz einfacher Gedanke, wie Mike zugeben musste. Nur waren ihm in den Ausführungen Delameres entschieden zu viele *Wenns* und *Vielleichts.* Sie würden schon ein geradezu unverschämtes Glück brauchen, um diesem wahnwitzigen Plan zum Erfolg zu verhelfen. Andererseits hatten sie gar keine Wahl. Was den erloschenen Vulkan auf Hathi anging, gab es weder ein Wenn noch ein Vielleicht, sondern nur ein *Wann.* Er würde ausbrechen, und das bald. Und dann war es nicht nur um die Insulaner geschehen, sondern auch um Serena, Singh und Astaroth.

Die Zeit verstrich träge. Die NAUTILUS fuhr mit voller Kraft, was bedeutete, dass sie sich vier- oder fünfmal so schnell unter Wasser fortbewegte, als es das schnellste Schiff über der Wasseroberfläche gekonnt hätte, und trotzdem kam es Mike so vor, als wären die Zeiger der Uhr auf dem Zifferblatt festgeklebt.

Dafür änderte sich das Bild draußen vor dem Fenster ganz allmählich. Aus dem bisher blassroten Glühen sehr tief unter ihnen wurde ein immer stärker werdendes unheimliches Lodern und Glosen. Ein Blick auf das Außenthermometer zeigte ihm, dass das Wasser *heißer* geworden war, nicht kälter, obwohl sie sich jetzt viel weiter vom Meeresgrund entfernt befanden als noch vor zehn Minuten. Und er begriff auch den Grund dafür: Sie näherten sich dem Krater. Das rote Gespinst unter ihnen stellte ja nur die Risse dar, an denen der Meeresboden geborsten war, vielleicht sogar nur unterseeische Lavaströme, die selbst das Meerwasser bisher nicht hatte löschen können. Der eigentliche Krater, dessen Explosion sie vorhin beobachtet hatten, lag noch vor ihnen.

Offenbar war Trautman in Gedanken zu demselben Ergebnis gekommen, denn er fragte in diesem Moment: »Was ist mit diesem Krater?«

»Zu nahe«, antwortete Delamere knapp. »Außerdem ist er nicht geeignet. Wäre er es, wäre die Eruption viel heftiger ausgefallen. Wir müssen weiter.«

Angesichts des roten Glosens unter ihnen empfand Mike bei diesen Worten vor allem eines: Erleichterung. Auch Trautman widersprach nicht, sondern änderte den Kurs der NAUTILUS nur geringfügig, damit sie nicht direkt über dem zwar im Augenblick halbwegs ruhigen, aber keineswegs erloschenen unterseeischen Vulkankrater hinweggleiten mussten, und wieder vergingen endlose Minuten, die sich schließlich zu einer Viertelstunde reihten. Das rote Lodern und Flammen wurde wieder schwächer, fiel schließlich hinter ihnen zurück und erlosch dann ganz.

Der Meeresboden lag jetzt nicht mehr achthundert Meter unter ihnen, sondern drei Kilometer, wie Mike mit einem schnellen Blick auf die Instrumente feststellte. Ganz wie Jacques gesagt hatte, war der Vulkan nichts als der Gipfel eines gewaltigen unterseeischen Berges, der wiederum zu einer ganzen Bergkette gehörte, die sich über hunderte von Meilen am Meeresgrund entlang erstreckte.

Als hätte er seine Gedanken gelesen, fragte Jacques in diesem Moment: »Wie tief ist das Meer an dieser Stelle?«

»Dreieinhalbtausend Meter«, antwortete Trautman, »manchmal auch mehr. Warum?«

Delamere sah auf seine Notizen, bevor er langsam und so als müsse er jedes Wort einzeln abwägen, antwortete: »Es wäre ein guter Ort. Wenn meine Berechnungen – meine *Schätzungen* – stimmen, dann kann die Erdkruste hier nicht allzu dick sein. Außerdem würden vier Kilometer Wasser selbst der größten Eruption die schlimmste Wucht nehmen. Andererseits ...«

»Andererseits was?«, fragte Mike, als Jacques nicht weitersprach.

Delamere lächelte nervös. »Nichts. Es gäbe eine gewaltige Flutwelle, die vielleicht genauso viel Verheerung anrichtet wie der Vulkanausbruch. Aber es ist ohnehin nur eine Theorie.«

»Wieso?«, fragte Ben.

»Hast du nicht gehört, was dein Kapitän gesagt hat?«, erwiderte Jacques. »Der Meeresgrund liegt dreitausend Meter unter uns.«

»Und wo ist das Problem?«, wollte Ben wissen.

Delamere blickte ihn an. Er runzelte die Stirn, sah fragend zu

Mike und riss dann überrascht die Augen auf, als er begriff, was Ben meinte. »Du ... du meinst, wir könnten so *tief* nach unten?«

»Wir sind schon tiefer getaucht«, antwortete Ben. »Wenn das alles ist.«

Sein überheblicher Ton war vielleicht nicht ganz berechtigt. Sie waren tatsächlich schon tiefer getaucht, aber unter gänzlich anderen Umständen und *niemals* freiwillig. Selbst den fantastischen Möglichkeiten der NAUTILUS waren Grenzen gesetzt und die waren mit dem Druck in viertausend Metern Wassertiefe eindeutig erreicht. Das Schiff würde ihn zwar theoretisch aushalten, aber auch nur, wenn nicht die kleinste Kleinigkeit schief ging. Und bei dem, was sie vorhatten, gab es eine ganze Menge *Kleinigkeiten,* die schief gehen konnten ...

»Dann ... dann wäre es ideal«, murmelte Delamere.

Juan und Trautman verständigten sich mit einem raschen Blick und Mike spürte, wie die NAUTILUS schnell an Geschwindigkeit verlor und zugleich in den schwarzen Abgrund, der unter ihnen klaffte, hinabzustürzen begann. Der Abstieg dauerte lange, sehr, sehr lange. Das Schiff glitt durch eine unendliche Einöde aus Dunkelheit und Schwärze, in die noch nie zuvor ein Sonnenstrahl gedrungen und die noch nie zuvor das Auge eines Menschen erblickt hatte. Mike wusste zwar, dass es trotzdem dort draußen Leben gab – sogar im Überfluss! –, aber sie konnten nichts von alledem sehen. Trautman hatte die Außenscheinwerfer der NAUTILUS abgeschaltet, sodass sich das Fenster in eine schwarze Wand verwandelt zu haben schien, die das wenige Licht, das nach draußen fiel, einfach verschluckte.

»Vielleicht«, sagte Delamere nervös, »sollten wir wenigstens das Fenster schließen. Dieses Glas –«

»– hält mehr aus als der beste Stahl, den Sie kennen«, unterbrach ihn Trautman. »Keine Sorge. Es kann auch nicht mehr allzu weit sein.« Er sah flüchtig auf eines seiner Instrumente und fügte hinzu: »Drei- oder vierhundert Meter noch. Ein paar Minuten.«

Sie wurden zu Ewigkeiten und noch bevor sie dem Meeresboden auch nur nahe kamen, sah Mike erneut ein düsteres, flackerndes rotes Leuchten tief unter ihnen. Zumindest ein Teil von Delameres *Schätzungen* schien sich zu bewahrheiten: Sie befanden sich auch hier über einem unterirdischen Lavastrom, der gegen den Meeresboden drängte.

Unendlich langsam glitt die NAUTILUS tiefer. Trautman manövrierte das Schiff so vorsichtig und behutsam, wie er nur konnte. Sein Blick taxierte immer nervöser die Instrumente auf seinem Pult und auch er sah öfter zum Fenster, als notwendig gewesen wäre.

Das rote Glühen unter ihnen nahm zu. Aus dem anfangs noch blassen, konturlosen Schimmern wurde bald wieder ein Gewirr einander überkreuzender und schneidender roter, gezackter Linien, wie glühende Blitze, die im Meeresboden gefangen waren. Sie konnten sehen, dass das Wasser unmittelbar über diesen Lavagräben zu Dampf wurde, der in riesigen Wolken großer, schimmernder Blasen nach oben stieg, bis er vielleicht zwei- oder dreihundert Meter über dem Grund zu kochendem Wasser wurde. »Hält die NAUTILUS die Temperaturen aus?«, fragte Mike. Er konnte einfach nicht mehr anders als Trautman diese Frage zu stellen.

Dessen Antwort fiel aber anders aus, als ihm lieb gewesen wäre. Statt mit einem klaren Ja zu antworten – aus keinem anderen Grund als genau *das* zu hören hatte Mike seine Frage schließlich gestellt –, zuckte Trautman mit den Achseln und sagte: »Wir werden es sehen.«

»Auf jeden Fall nicht allzu lange«, fügte Juan hinzu. Er blickte auf und sah Delamere an. »Keiner von uns hat etwas dagegen, wenn Sie sich an der Diskussion beteiligen, Monsieur Delamere ...«

Jacques erhob sich wieder und ging zum Fenster. Die NAUTILUS verlor immer noch an Höhe, jetzt aber sehr viel langsamer, und manchmal zogen ganze Armeen faustgroßer Dampfblasen am Fenster vorbei, die wie winzige verspiegelte Kugeln aussahen. Dazwischen wogten Schwaden von Sand, der vom Meeresboden hochgewirbelt wurde.

»Ein wenig nach links«, bat er. »Können Sie die NAUTILUS genau über diesen großen Riss steuern?«

Immer noch weiter an Höhe verlierend, glitt die NAUTILUS auf die bezeichnete Stelle zu. Mikes Herz begann stark zu klopfen, als er sah, worauf Jacques gedeutet hatte. Was Delamere mit dem harmlosen Wort *Riss* bezeichnete, war in Wirklichkeit eine gigantische, sicher eine halbe Meile breite Bresche im Meeresgrund, gezackt und mit Rändern, von denen kochender Dampf aufstieg und immer wieder Felsgestein abbrach, um lautlos in der Tiefe zu verschwinden und von rot glühender Lava verschlungen zu werden, und länger, als ihr Blick ihr folgen konnte. Der Grund dieser gigantischen Spalte war mit roter, brodelnder Lava gefüllt, auf der sich hier und da eine dünne, schwarze Haut gebildet hatte, die aber immer wieder aufriss wie Schorf auf einer Wunde, die einfach nicht heilen wollte.

Trautman steuerte die NAUTILUS dicht an diesen gewaltigen Lavacanyon heran, tauschte einen weiteren, undeutbaren Blick mit Delamere und setzte das Schiff dann genau über den Spalt. Das riesige Tauchboot begann zu zittern. Vor den Fenstern war nun ein unablässiger, tobender Vorhang silberner Dampfblasen, und einige Anzeigen auf dem Instrumentenpult vor Mike spielten einfach verrückt; er zog es vor, sich *nicht* den Kopf darüber zu zerbrechen, was sie genau bedeuteten.

Das Schiff bebte und zitterte immer stärker. Es kostete Trautman sichtlich Mühe, es auf der Stelle zu halten, und es wurde im Inneren des Kontrollraumes nun wirklich wärmer. Sehr lange würden sie sich in dieser Position nicht mehr halten können.

»Und?«, fragte Trautman.

Auf Delameres Stirn standen tiefe Falten. »Dieser Lavastrom ist gewaltig«, sagte er. »Es *könnte* der Hauptstrom sein. Aber sicher bin ich nicht ... Können Sie noch ein Stück weiterfahren?«

Die NAUTILUS bebte immer heftiger, als versuche sie sich gegen diesen Vorschlag zu wehren. Das Motorengeräusch wurde zu einem unruhigen Husten und Stampfen und die Scheibe des Aussichtsfensters begann sich zu beschlagen, so heiß war es jetzt hier drinnen. Trotzdem tat Trautman, was Jacques von ihm verlangt hatte, und ließ die NAUTILUS langsam in vierzig oder fünfzig Metern Höhe über dem Lavastrom dahingleiten.

Es war ein unheimlicher und zugleich faszinierender Anblick: Unter ihnen, dreitausend Meter tief auf dem Meeresgrund, bewegte sich ein gewaltiger Strom auf dem Grunde eines Canyons. Seine Oberfläche brodelte und kochte. Es gab Strudel, Stromschnellen, Wasserfälle und gischende Brandung, nur dass dieser Strom nicht aus Wasser bestand, sondern aus Feuer, aus rotem und gelbem geschmolzenem Stein und Erdreich.

Die NAUTILUS glitt langsam über diesem höllischen Fluss dahin, bis vor ihnen plötzlich ein gigantisches schwarzes Loch im Meeresboden aufklaffte. Wie schäumende Gischt über den Rand eines Wasserfalles, so ergoss sich die Lava in dieses Loch und begann einen Sturz, der hunderte, wenn nicht gar tausende von Metern weit in die Tiefe führte.

»Das wird gefährlich«, sagte Trautman. »Näher können wir nicht heran. Die Strömung wir immer stärker.«

»Das könnte die richtige Stelle sein«, sagte Delamere nachdenklich. »Dort unten –«

Er kam nicht weiter. Ein unheimliches, durchdringendes Stöhnen und Mahlen erklang, so laut, als schreie die Erde selbst vor Schmerz und Pein, und vor Mikes und aller anderer entsetzt aufgerissenen Augen begann sich ein riesiges Stück Felsen aus dem oberen Rand der Klippe zu lösen. Die Größe der Katastrophe verlieh ihr einen Anschein von trügerischer Langsamkeit: Eine grellweiße, wie mit einem Lineal gezogene Linie erschien im Fels, heller noch als der Lavastrom, wuchs rasch in beide Richtungen und verschwand dann hinter einem Vorhang aus brodelndem, kochend heißem Dampf, der mit der Geschwindigkeit eines Schnellzuges der Wasseroberfläche entgegenraste.

Mike begriff die Gefahr im selben Moment wie Trautman, aber sein warnender Ruf kam ebenso zu spät wie Trautmans hastiger Griff nach den Kontrollinstrumenten. Alles ging viel zu schnell, als dass irgendeine Reaktion sie noch hätte retten können. Ein fünf- oder sechshundert Meter breites Teilstück der Kante brach ab und stürzte hinter der geschmolzenen Lava her in die bodenlose Tiefe und der so entstehende Sog packte die NAUTILUS, wirbelte sie wie ein Spielzeug durch das Wasser und zerrte sie einfach mit sich.

Trautman klammerte sich mit verzweifelter Kraft am Kontrollpult fest und versuchte das Letzte aus den Maschinen herauszuholen um die Katastrophe noch zu verhindern, aber das Schiff wurde nicht einmal spürbar langsamer. Die NAUTILUS wurde einfach gepackt, wie von einer unsichtbaren Riesenhand herumgewirbelt und dann ebenfalls in die Tiefe gerissen.

Mike schrie vor Angst und Schreck laut auf. Wie alle anderen wurde er zu Boden geschleudert und schlitterte hilflos durch den Raum, bis irgendetwas seinem unsanften Sturz ein Ende setzte. Die NAUTILUS schwankte wild hin und her, drohte sich zu überschlagen, richtete sich wieder auf und begann erneut zu taumeln. Überall krachte und klirrte es. Glas zerbrach. Dinge stürzten aus den Regalen und fielen zu Boden und der gesamte Schiffsrumpf dröhnte und knirschte, als wäre die NAUTILUS unter eine riesige Presse geraten, die sie zu zermalmen versuchte. Trautman schrie irgendetwas, das im allgemeinen Lärm und dem Chor der anderen gellenden Schreie einfach unterging, versuchte sich auf Hände und Knie hochzustemmen und wurde erneut zu Boden geworfen, und auch Mike schoss ein zweites Mal quer durch den Salon, prallte hilflos gegen das Fenster und schrie auf, als er spürte, wie heiß das Glas geworden war. Gleißendes Licht strömte von draußen herein. Irgendetwas schlug wie mit Hämmern auf den Rumpf des Schiffes ein und für einen schrecklichen Moment erlosch das Geräusch der Motoren um dann unregelmäßiger und lauter wieder einzusetzen.

Das grelle Licht draußen vor dem Fenster wurde immer unerträglicher, sodass es Mike nicht mehr möglich war, dorthin zu blicken, und er hörte ein furchtbares Zischen, als wäre irgendwo eine Leitung geplatzt, aus der nun Gas ausströmte – oder eine Schweißnaht, durch die Wasser unter ungeheurem Druck in die NAUTILUS eindrang!

Endlich verlor das Stampfen und Beben des Bodens etwas von seiner Stärke. Die NAUTILUS schüttelte sich noch immer und auch das Ächzen des überlasteten Rumpfes hielt an, aber es war jetzt wenigstens nicht mehr so schlimm, dass sie sofort wieder von den Füßen gerissen wurden, wenn sie versuchten sich aufzurichten.

Trautman stemmte sich hastig auf Hände und Knie hoch und wankte zu seinem Kontrollpult. Auch Mike, Juan und Ben nahmen so schnell wie möglich ihre Plätze wieder ein. Keiner von ihnen wagte es, zum Fenster zu sehen oder sich auch nur um eines der zahllosen blinkenden, roten und orangefarbenen Warnlichter zu kümmern. Nur Delamere blieb liegen, wo er war, japste nach Luft und wimmerte vor Angst.

Mike blieb jedoch gar keine Zeit, sich um ihn zu kümmern. Er hatte alle Hände voll damit zu tun, sich am Rand seines Instrumentenpultes festzuklammern und Trautman und Juan dabei zu helfen den Kurs der NAUTILUS zu stabilisieren. Alle ihre Bemühungen schienen jedoch vergeblich zu sein. Das Schiff zitterte und bebte weiter wild, das Schlagen und Hämmern gegen den

Rumpf hielt an und die Temperaturen stiegen erbarmungslos.

Und dann plötzlich war es vorbei.

Die NAUTILUS glitt wieder ruhig dahin, die furchtbaren Laute hörten auf und selbst das lodernde weiße Licht vor dem Fenster erlosch und wurde wieder rot; noch immer hell, noch immer in der Farbe des Feuers, aber nicht mehr so unerträglich, dass es wie mit Messern in seine Augen stach, wenn Mike hineinsah.

Und trotzdem wünschte er sich nach einer Sekunde, er hätte es nicht getan.

Die NAUTILUS befand sich nicht mehr im freien Meer, sondern trieb durch einen gewaltigen, unregelmäßig geformten Stollen aus Fels. Über ihr war kein Wasser, sondern nur Dampf und Luft, die vor Hitze waberte, und auch das, worauf sie schwamm, war kein Wasser.

Es war dunkelrote, zähflüssige Lava, die an der Oberfläche immer wieder erstarrte, dann wieder zu Stücken zerbrach und erneut schmolz. Hier und da trieben große Brocken sich allmählich auflösenden Felsens an der Oberfläche dieses Feuerflusses wie Eisschollen in einem tropischen Meer, die sich in der Wärme auflösen. Flammenzungen loderten um die NAUTILUS, manchmal so hoch, dass sie gegen die Decke des Felsentunnels prallten, und immer wieder erzitterte das Schiff unter dumpfen Schlägen, als würden Riesen mit unsichtbaren Fäusten auf den Rumpf eindreschen.

»Großer Gott!«, keuchte Ben. »Was ist das? Wo ... sind wir hier?«

Die Frage galt niemand Bestimmtem und er bekam auch keine Antwort. Niemand war in der Lage zu antworten. Alle starrten gebannt auf das unglaubliche Bild, das sich ihnen draußen bot.

Der Tunnel, durch den das Schiff glitt, begann sich ganz allmählich zu verändern. Es wurde heller. Licht in allen nur denkbaren Rot- und Gelbtönen brach sich an den unregelmäßigen Wänden und ließ keinen anderen Gedanken aufkommen als den an Hitze, Feuer und prasselnde Flammen.

»Was ist das?«, fragte Ben noch einmal. Er bekam auch jetzt keine Antwort, gab sich aber diesmal nicht mit diesem Schweigen zufrieden, sondern drehte sich mit einem Ruck herum und blickte Delamere feindselig an. »Wo sind wir hier?«

»Ich hatte Recht«, murmelte der Belgier. Seine Stimme war fast nur ein Flüstern. Der Ausdruck maßlosen Schreckens war von seinem Gesicht verschwunden und hatte dem der Faszination Platz gemacht, die Mike noch mehr erschreckte als das Entsetzen zuvor. Vielleicht zum ersten Mal gewahrte Mike auf seinem Gesicht den Ausdruck, den man auf dem eines Wissenschaftlers erwarten mochte, der kurz vor einer sensationellen Entdeckung stand; allerdings war Mike der Meinung, dass Delamere sich einen höchst unpassenden Moment ausgesucht hatte um seinem Forscherdrang so nachzugeben.

»Der Lavafluss«, fuhr der Vulkanologe fort. »Ich hatte Recht! Meine Theorie stimmt! Das ist die Verbindung zwischen den Vulkanen, nach der ich gesucht habe!«

Er deutete mit zitternder, unsicherer Hand nach draußen. »Seht ihr die Strömungen? Wir müssen ganz dicht davor sein.«

Mike konnte beim besten Willen keinerlei *Strömungen* in der

Oberfläche des Lavaflusses erkennen, auf dem die NAUTILUS dahintrieb, sondern nur ein Durcheinander von Flammen, halb erstarrter und wieder schmelzender Lava, gelbem Feuer und spritzender Glut. Er kam aber auch nicht dazu, eine entsprechende Frage zu stellen, denn Trautman fragte:

»Wie heiß ist die Lava?«

Delamere hob die Schultern, antwortete aber trotzdem: »Nicht sehr heiß«, sagte er. »Jedenfalls nicht für Lava. Es ist Basaltschmelze ... vielleicht achthundert, allerhöchstens neunhundert Grad.«

»Und das nennen Sie *nicht sehr heiß?«*, krächzte Ben.

»Sie kann bis zu dreitausend Grad heiß werden«, sagte Delamere. »Ungefähr. Es ist noch nie jemand dicht genug an einen Vulkan herangekommen, um das genau zu messen.« Er drehte sich halb zu Trautman herum. »Hält das Schiff das aus?«

»Nicht lange«, sagte Trautman. »Im Moment sind wir wohl nicht in Gefahr, aber ich weiß nicht, wie lange dieser Moment noch anhält. Wie kommen wir hier wieder heraus?«

»Ich weiß es nicht«, antwortete Jacques.

Auf diese Worte hin breitete sich ein tiefes, unangenehmes Schweigen im Salon des Schiffes aus.

Endlos lang trieb die NAUTILUS auf dem gelb lodernden Lavafluss dahin. Trautman schien mit seiner Behauptung Recht zu haben, dass das Schiff selbst diesen gewaltigen Temperaturen, die dort draußen herrschten, trotzen konnte, aber was für das Schiff galt, musste nicht auch für seine Besatzung zutreffen. Beharrlich und unaufhaltsam begannen die Temperaturen im

Salon zu steigen. Die Luft wurde bald warm, dann stickig und schließlich heiß und alles, was aus Metall bestand, begann sich ebenfalls zu erhitzen, sodass Mike und die anderen aufpassen mussten, wo sie hingriffen, um sich nicht zu verbrennen. Und die NAUTILUS wurde eindeutig schneller; die Strömung des unterirdischen Lavaflusses nahm zu.

»Es wäre vielleicht an der Zeit, dass Sie sich etwas einfallen lassen, Monsieur Delamere«, sagte Juan nach einer Weile.

»Aber was soll ich denn tun?«, antwortete dieser mit einem unglücklichen Achselzucken. »Niemand hat so etwas je erlebt. Niemand weiß, was zu tun ist – ob man überhaupt etwas tun kann.«

Ben deutete mit einer Kopfbewegung zur Decke des steinernen Tunnels. »Können wir uns nicht freisprengen?«

»Wenn ich wüsste, wie dick die Felsschicht dort oben ist, vielleicht«, antwortete Delamere, schüttelte aber schon in der nächsten Sekunde den Kopf. »Aber das hätte auch keinen Sinn. Das eindringende Wasser würde sofort zu Dampf werden und die Explosion würde uns zerreißen.«

»Das ist vielleicht immer noch besser als hier allmählich gegrillt zu werden«, antwortete Ben mürrisch.

Mike lächelte flüchtig über seine Worte, aber im Innersten gab er Ben Recht. Das Kontrollpult, an dem er hantierte, war mittlerweile so heiß, dass er Mühe hatte, es noch berühren zu können, und die Wärme kroch selbst durch seine Schuhsohlen. Die Luft wurde immer heißer und schmeckte bitter und jeder Atemzug schien ein bisschen mühsamer zu sein als der davor. Sie würden die Hitze so oder so nicht mehr allzu lange ertragen.

Vielleicht war es besser, das Risiko in Kauf zu nehmen, bei einer Explosion getötet zu werden als einem sicheren und sehr qualvollen Tod entgegenzusehen.

Trautman schien wohl ebenso zu denken wie er, denn nach wenigen Augenblicken, die er weiter aus dem Fenster gesehen hatte, deutete er ein Nicken an und sagte: »Riskieren wir es. Wir haben nichts zu verlieren. Suchen Sie eine geeignete Stelle, Jacques.«

Der Belgier erschrak wieder. Der Ausdruck auf seinem Gesicht war jetzt der vollkommener Hilflosigkeit und Mike begriff mit neuem Entsetzen, dass Delamere nicht die geringste Ahnung hatte, was er tun sollte. Woher auch? Die Felsdecke über ihnen konnte wenige Meter, ebenso gut aber auch eine halbe oder eine ganze Meile dick sein. Sie hatten keine Möglichkeit, das festzustellen.

Plötzlich begann sich draußen etwas zu verändern. Das Licht flackerte stärker, änderte seine Farbe und schien jetzt mehr rot als gelb zu sein und die NAUTILUS wurde noch einmal etwas schneller, begann zugleich aber auch spürbar zu beben und zu stampfen. Irrte er sich oder stieg die Temperatur nun rascher? Plötzlich stieß Chris einen überraschten Schrei aus und deutete nach draußen, und als Mikes Blick der Geste folgte, konnte auch er einen erschrockenen Ausruf kaum noch unterdrücken.

Nicht weit vor der NAUTILUS begann sich der Tunnel zu einer gewaltigen, nahezu kreisrunden Kuppelhöhle zu verbreitern. Aus mindestens zwei oder drei Öffnungen in den Wänden ergossen sich träge, zähflüssige gelbe und rote Lavaströme in ihr Inneres und vor ihnen brodelte und kochte ein gigantischer, dunkelrot glühender Strudel. Meterhohe Wellen aus geschmolzenem Gestein, das so dünnflüssig wie Wasser war, brachen sich an den Wänden. Immer wieder stürzten große Felsbrocken von der Decke und verschwanden in der aufspritzenden Lava oder brachen aus den Wänden heraus, aber das glutflüssige Gestein erstarrte auch fast ebenso schnell wieder, wie es unter der höllischen Hitze schmolz, sodass die riesige Höhle scheinbar ununterbrochen ihre Form zu verändern schien.

Die NAUTILUS schwankte jetzt wild hin und her wie ein Segelschoner eines vergangenen Jahrhunderts, der in einen Sturm geraten war, und zu dem Chor beunruhigender Laute und Geräusche, die sie hörten, gesellte sich ein neuer, noch schlimmerer Ton: das Ächzen und Knarren bis an die Grenzen seiner Belastbarkeit beanspruchten Metalls. Mike ahnte, dass das Schiff *dieser* Belastung nicht mehr lange standhalten konnte. Die NAUTILUS war ein fantastisches Fahrzeug, wie es sie auf der ganzen Welt kein zweites Mal gab, aber auch sie hatte ihre Grenzen, und diese Grenzen hatten sie jetzt ganz offensichtlich erreicht.

»Wartet!«, sagte Jacques plötzlich. Er deutete aufgeregt nach draußen, in das tobende Interno aus Hitze, rotem LIcht und geschmolzenem brodelndem Gestein hinaus. »Das könnte es sein!«

»Was?«, fragte Trautman. Seine Stimme klang gepresst und sein Gesicht glänzte von Schweiß. Auch hier drinnen im Salon war die Hitze längst unerträglich. Mike fragte sich, wie lange es noch dauern mochte, bis einer von ihnen einfach umkippte.

»Das, wonach wir gesucht haben«, antwortete Delamere, während er sich mit dem Handrücken den Schweiß von der Stirn wischte, damit er ihm nicht in die Augen lief. »Seht ihr die beiden anderen Stollen dort drüben? Hier treffen mehrere Lavaströme aufeinander.«

»Wie interessant«, keuchte Ben. »Erklären Sie uns lieber, wie wir hier rauskommen!«

Der Belgier ignorierte ihn. »Wenn wir die Abflüsse sprengen, dann müsste der Druck sehr schnell ansteigen. Vielleicht löst das die große Eruption aus.«

»Mit uns mittendrin?«, keuchte Ben.

»Wahrscheinlich kommen wir sowieso nicht mehr heraus«, murmelte Juan. Nicht nur Ben sah ihn erschrocken an, aber niemand sagte etwas. Trautman blickte gebannt auf seine Kontrollinstrumente. Auch sein Gesicht glänzte von Schweiß und Mike fiel auf, dass seine Hände zitterten.

Die NAUTILUS wurde schneller, je mehr sie sich der Mitte des Lavasees näherte. Mike wagte es nicht, Jacques eine entsprechende Frage zu stellen, war aber ziemlich sicher, dass die Lava hier sehr viel heißer war als die Basaltschmelze, auf der die NAUTILUS bisher gefahren war. Die Lava brodelte und zischte, bewegte sich jetzt aber nicht mehr scheinbar willkürlich und Mike erkannte voller Schreck, dass sie sich langsam, aber unbarmherzig auf einen gewaltigen Strudel zubewegten, der sich in der Mitte des riesigen Felsendomes drehte.

Auch Trautman hatte die Gefahr erkannt und versuchte verzweifelt den Kurs der NAUTILUS zu beeinflussen – allerdings mit nicht sehr viel Erfolg. Das Schiff war nicht dafür konstruiert, in geschmolzenem Gestein zu schwimmen.

»Delamere!«, sagte Trautman scharf.

»Der große Tunnel auf der anderen Seite«, murmelte Delamere. »Das scheint der Abfluss zu sein. Können Sie ihn sprengen?«

»Am besten, *nachdem* wir ihn passiert haben«, fügte Ben nervös hinzu.

»Ich kann es versuchen«, antwortete Trautman leise. »Wenn wir Gesteinschmelze in die Turbinen bekommen, explodiert das ganze Schiff. Ist der Sprengstoff bereit?«

Die letzte Frage galt Juan, der nur mit einem nervösen Nicken darauf antwortete. Sie hatten allen Sprengstoff, den sie in Lemura an Bord genommen hatten, in feuerfeste Behältnisse gepackt und in der Tauchkammer deponiert. Wenn Trautman die äußere Schleusentür öffnete, würden sie automatisch aus dem Schiff geschwemmt werden. Theoretisch. Mike zog es vor, nicht über alles nachzudenken, was bei diesem wahnwitzigen Plan schief gehen konnte.

Die NAUTILUS zitterte immer heftiger, wurde aber auch gleichzeitig schneller, weil sie mehr und mehr in den Sog des Lavastrudels geriet. Trautman versuchte jedoch nicht dagegen anzukämpfen, sondern korrigierte den Kurs des Tauchbootes nur sehr behutsam. Erst als sie den Ausgang schon fast erreicht hatten, entfesselte er die ganze Kraft der Maschinen und versuchte den Bug der NAUTILUS auf den gewaltigen Stollen auszurichten.

Das Schiff reagierte mit qualvoller Langsamkeit. Ganz allmählich nur näherte sich das Schiff dem Stollen. Das Motorengeräusch klang schrecklich in seinen Ohren; es war kein gleichmäßiges Dröhnen mehr, sondern ein Laut, als würden Glaskugeln in einer gewaltigen Mühle zerrieben.

Trotzdem gelang es Trautman nach und nach, die NAUTILUS auf den Stollen zuzumanövrieren, und Mike atmete innerlich schon halbwegs auf.

Als sie den Zufluss zur Hälfte passiert hatten, löste sich ein gewaltiger Lavabrocken von der Höhlendecke und stürzte unmittelbar neben der NAUTILUS in das flüssige Gestein. Die Druckwelle ergriff das Tauchboot und schmetterte es mit furchtbarer Gewalt gegen die Wand.

Mike wurde regelrecht von seinem Stuhl katapultiert, flog gegen das Kartenregal auf der anderen Seite und stürzte benommen zu Boden. Trotzdem blieb er nur eine Sekunde lang liegen. Der Boden war so heiß, dass er vor Schmerz aufschrie und sich wunderte, dass die Karten und Bücher nicht auf der Stelle Feuer fingen.

Er hatte allergrößte Mühe, auf den Beinen zu bleiben. Die NAUTILUS schrammte unter enormem Getöse an der Wand entlang und nahm dabei eine so starke Schräglage ein, dass es Mike kaum gelang, sich zu seinem Platz zurückzukämpfen. Auch den anderen erging es nicht viel besser. Juan und Ben waren übereinander gestürzt. Delamere hockte auf den Knien und starrte aus schreckgeweiteten Augen aus dem Fenster und von Chris war im Augenblick überhaupt nichts zu sehen. Trautman stolperte mit fast komisch wirkenden Schritten und wild rudernden Armen zu seinem Kommandopult zurück, überwand das letzte Stück Weg mit einem verzweifelten Satz und schlug mit der flachen Hand auf einen Schalter.

Die NAUTILUS fand nun mühsam in die Waagerechte zurück. Sie schepperte immer noch an der Felswand entlang und Mike fragte sich nicht zum ersten Mal, wie viel das Schiff noch aushalten würde, ehe die Panzerplatten des Rumpfes Hitze und Druck endgültig nachgaben und geschmolzenes Gestein in das Schiffsinnere eindrang.

»Der Sprengstoff ist draußen«, keuchte Trautman. »Jetzt können wir nur hoffen, dass –« Der Rest seiner Worte ging in einem gewaltigen Krachen unter. Ein noch gleißenderes Licht löschte für einen Moment das flackernde Rot und Gelb draußen aus, sodass sie alle geblendet die Blicke abwandten.

Die nächste gewaltige Explosion zerriss die Lava. Weißes Licht und glutflüssiges Gestein spritzten bis zur Decke des Tunnels hoch und eine noch heftigere Druckwelle traf die NAUTILUS und ließ sie abermals erzittern.

»Trautman, sind Sie verrückt?«, keuchte Delamere. »Die Zeitzünder –«

»– waren auf fünf Minuten eingestellt!«, unterbrach ihn Ben. »Ich habe es selbst getan.«

»Dann hast du wahrscheinlich Minuten mit Sekunden verwechselt!«, giftete Delamere.

»Genug!«, sagte Trautman zornig. »Was soll denn das? Wahrscheinlich hat die Hitze die Explosion verfrüht ausgelöst. Haltet euch lieber fest!«

Seine Warnung war nur zu berechtigt. Der zweiten Explosion waren eine dritte, vierte und fünfte gefolgt und nun begann der gesamte Stollen zu wanken. Die Decke senkte sich, schien sich für einen Moment wie etwas Lebendiges zu bewegen und brach dann unter gewaltigem Getöse zusammen. Eine riesige Flutwelle aus geschmolzenem Gestein raste auf die NAUTILUS zu, riss sie mit sich und schleuderte sie immer wieder gegen die Wände, drohte sie sogar einmal gegen die Decke des Stollens zu schmettern. Rings um sie herum waren nur noch Feuer, flackerndes rotes und gelbes Licht und unvorstellbarer Lärm. Alle schrien, stürzten hilflos hin und her oder versuchten sich irgendwo festzuklammern und Mike erkannte voller Entsetzen eine neue, schreckliche Gefahr: Wenn die Springflut aus verflüssigtem Gestein die NAUTILUS untertauchte, würde sie nie wieder auftauchen.

Doch es kam nicht so weit. Plötzlich zerbarst die Felsendecke über ihnen wie unter einem Hammerschlag. Wasser stürzte herein und verwandelte sich fast augenblicklich in kochenden Dampf. Die NAUTILUS wurde von der gewaltigen Explosion ergriffen und mitgerissen. Das Schiff war über hundert Meter lang und wog mehrere tausend Tonnen, aber nun war es zum Spielball der Gewalten geworden, die diesen Platz erschaffen hatten; kaum mehr als ein Blatt, das von einem Orkan herumgewirbelt wurde. Mike sah nur noch ein weißes Brodeln, Flammen und wirbelnde Schatten draußen vor dem Fenster, dann kippte die NAUTILUS zur Seite, zitterte einen Moment lang und stellte sich dann endgültig auf den Kopf. Mike fand ge-rade noch Zeit, schützend die Hände zu heben, ehe er mit dem Kopf gegen die Decke knallte, die sich plötzlich da befand, wo eigentlich der Fußboden sein sollte, und das Bewusstsein verlor.

In seinen Ohren war noch immer ein dumpfes, anhaltendes Grollen und Rumoren, als Mike erwachte und selbst durch seine geschlossenen Augenlider drang flackerndes, rotes Licht. Er lag auf einer weichen Unterlage, nicht mehr auf dem Boden, aber die ganze Welt schwankte und bebte weiterhin. Die Luft roch verbrannt und Mike registrierte voller Schrecken, dass das Motorengeräusch verstummt war. Mit einem Ruck öffnete er die Augen und setzte sich auf. Allerdings nur um die Lider sofort zu senken und sich wieder zurückfallen zu lassen. Sein Kopf dröhnte, als säße hinter seinen Augen ein gehässiger kleiner Zwerg, der mit großer Begeisterung auf eine Kesselpauke einschlug.

»Beweg dich ein bisschen vorsichtiger«, hörte er Bens Stimme irgendwo neben ihm. »Du hast eine mächtige Beule am Kopf.«

»Vielen Dank für die Warnung«, maulte Mike. »Auch wenn sie etwas früher hätte kommen können.«

»Reg dich nicht auf. Es hat ja kein wertvolles Körperteil getroffen«, antwortete Ben.

Mike verbiss sich die wütende Antwort, die ihm auf der Zunge lag, öffnete ein zweites Mal die Augen und schwang die Beine von dem Sofa, auf dem er lag. Erst dann richtete er sich abermals auf – sehr viel vorsichtiger als beim ersten Mal. Trotzdem veranlasste die Bewegung den Zwerg mit der Pauke zu einem wahren Trommelwirbel, der Mike stöhnend die Zähne zusammenbeißen ließ.

»Wie gesagt: Du hast eine gewaltige Beule am Kopf«, grinste Ben.

»Als du mich *Herr* genannt hast, hast du mir irgendwie besser gefallen«, knurrte Mike, während er stöhnend die Handflächen gegen die Schläfen presste und darauf wartete, dass der dröhnende Kopfschmerz ein wenig nachließ.

»Du hast wohl *wirklich* eins auf die Rübe bekommen, wie?«, fragte Ben fröhlich.

Mike entschloss sich, nicht mehr darauf zu antworten. Bens Anblick entschädigte ihn halbwegs für seine gehässigen Worte, denn auch er sah ziemlich ramponiert aus. Abgesehen von ihm und Mike selbst war der Salon vollkommen leer – und vollkommen verwüstet. Die Regale und Schränke hatten ihren gesamten Inhalt über den Boden verteilt, etliche Möbel und alles, was aus Glas oder anderen empfindlichen Materialien bestand, war zerbrochen. Aber wenigstens stand der Raum nicht mehr auf dem Kopf.

»Was ist passiert?«, fragte Mike. »Wo sind die anderen?«

»Sie inspizieren das Schiff«, antwortete Ben, »um nach Schäden zu suchen. Ich fürchte, sie werden mehr finden, als ihnen lieb ist.«

»So schlimm?«, fragte Mike.

»Schlimmer«, antwortete Ben ernst. »Wir haben tonnenweise Lava auf dem Rumpf. Die NAUTILUS ist ungefähr so manövrierfähig wie eine Badewanne voller Ziegelsteine. Es grenzt wahrlich an ein Wunder, dass wir es überhaupt geschafft haben, aufzutauchen.«

»Aufzu ...?« Mike drehte mit einem Ruck den Kopf und starrte mit weit aufgerissenen Augen aus dem Fenster. Draußen herrschte vollkommene Dunkelheit, die immer wieder von lodernden roten Lichtblitzen durchdrungen wurde.

»Mein Gott, wie ... wie lange war ich bewusstlos?«, murmelte er.

»Über eine Stunde«, antwortete Ben.

»Eine Stunde?! Aber dann müsste hier heller Tag herrschen!« »Das ist der Vulkanausbruch«, sagte eine Stimme von der Tür aus. »Die Staub- und Rauchwolken verdunkeln den Himmel.«

Mike drehte den Kopf und erkannte Delamere, der zusammen mit Trautman, Chris und Ben gerade in diesem Moment hereinkam.

»Der Vulkanausbruch? Soll das heißen, wir ... Sie haben es geschafft?«

»*Wir* war schon ganz richtig«, verbesserte ihn Delamere. »Ohne eure Hilfe und vor allem ohne euer fantastisches Schiff wäre es wohl nicht ganz so einfach gewesen. Ich kann es immer noch nicht fassen! Wir sind tatsächlich auf einem Fluss aus *Lava* gefahren!«

»Ja«, knurrte Trautman und trat an sein Kontrollpult. »Aber ich möchte es ungern zu einer schlechten Angewohnheit werden lassen. Ich weiß nicht, wie oft die NAUTILUS so etwas noch mitmacht! Sorgen macht mir vor allem die Tauchkammer.«

»Was ist damit?«, fragte Mike.

»Sie ist voller Lava«, antwortete Trautman. »Sie ist hereingeflossen, als ich die Schleuse geöffnet habe, aber leider nicht mehr hinaus. Und mittlerweile ist sie natürlich erstarrt.« Er machte ein finsteres Gesicht. »Unsere Tauchkammer besteht im Moment aus einem kompakten Lavablock. Ich hoffe, wir bekommen das Zeug jemals wieder heraus!«

Mike sah ihn noch einen Moment lang ernst an, dann stand

er auf und trat an das große Aussichtsfenster heran. Nachdem sich seine Augen an die veränderten Lichtverhältnisse gewöhnt hatten, stellte sich die Dunkelheit als nicht mehr ganz so total heraus, wie er im ersten Moment angenommen hatte. Er konnte die dünne, gerade Linie des Horizonts erkennen, vor der sich nur manchmal im flackernden roten Feuerschein eine gezackte Silhouette abhob. Der Himmel darüber war nicht schwarz, wie er im ersten Augenblick angenommen hatte, sondern von einem sehr dunklen Braun, auf dem nicht ein einziger Stern zu sehen war. Das musste die Aschewolke sein, von der Delamere gesprochen hatte. Erst danach fragte er sich, wo sie überhaupt *herkam.*

»Ich dachte, der Vulkan bricht auf dem Meeresboden aus!«, sagte er.

»Das hatte ich gehofft«, korrigierte ihn Delamere. »Aber die Lava hat sich einen anderen Weg gesucht ... keine Sorge. Ich kenne diese Insel dort hinten. Sie war unbewohnt. Und genau genommen ist es so besser.«

»Wieso?«

»Sie liegt noch einmal fast zwanzig Meilen von Hathi entfernt«, antwortete Delamere. »Außerdem hätte ein Ausbruch auf dem Meeresboden vielleicht eine gewaltige Springflut zur Folge gehabt. So bekommen sie allenfalls ein bisschen Asche ab.«

»Das da sieht nicht gerade harmlos aus«, sagte Mike. Jacques zuckte nur mit den Schultern. »Wir sind über sechzig Seemeilen von Hathi entfernt«, sagte er. »Das sind fast hundert Kilometer. Ich glaube nicht, dass sie in Gefahr sind.«

»In ein paar Stunden wissen wir es«, antwortete Trautman. »Die Maschinen laufen wieder. Wir werden zwar nicht unsere Höchstgeschwindigkeit erreichen, aber in ein paar Stunden müssten wir zurück sein.«

In einem Punkt irrte sich Delamere: Der Vulkanausbruch, dessen unmittelbarer Zeuge sie geworden waren, war nicht die letzte Eruption. Ungefähr auf halbem Weg nach Hathi beobachteten sie eine weitere, lodernde Feuersäule, die weit im Westen nach dem Himmel griff, und ein paar Mal erbebte das Meer und legte auf diese Weise Zeugnis von weiteren, unterseeischen Ausbrüchen ab. Keiner von ihnen wagte es, den Gedanken laut auszusprechen, nicht nach allem, was sie hinter sich hatten, aber Mike las auf den Gesichtern der anderen – einschließlich Trautmans –, dass sie sich ebenso wie er allmählich zu fragen begannen, ob Delameres Plan vielleicht nicht aufgegangen war und möglicherweise alles umsonst gewesen sein mochte.

Der Himmel über ihnen blieb dunkel, auch als sie sich Hathi näherten. Trautman navigierte das Schiff nur nach seinen Instrumenten, und als sie die Insel endlich erreichten, da fuhr er so behutsam in die Bucht ein, wie Mike es selten zuvor erlebt hatte. Wie sich zeigte, mit Recht. Die NAUTILUS schrammte ein- oder zweimal an plötzlich aufgetauchten Hindernissen vorbei und sie mussten ein gutes Stück weiter von der Küste entfernt anhalten als beim letzten Mal.

»Das gefällt mir nicht«, sagte Trautman düster. »Diese Felsen waren vorher nicht da.«

»Der Meeresboden hat sich verändert«, bestätigte Delamere.

»Ja«, fügte Trautman hinzu. »Und das bedeutet, dass es hier auch nicht unbedingt friedlich geblieben ist.« »Was haben Sie erwartet?«, fragte Delamere in scharfem Ton. »Sie haben doch *gesehen,* mit welchen Gewalten wir es zu tun haben! Außerdem habe ich nie behauptet, dass es funktioniert!«

»Ich frage mich nur, was die Pahuma von der Situation halten«, sagte Ben. »Sie versprechen, ihre Götter zu beruhigen, und kaum ziehen Sie los um Ihr Versprechen einzulösen, da wird der Tag zur Nacht und das Meer fängt an zu beben. Ich hoffe, sie lassen ihre Enttäuschung nicht an ihren Gefangenen aus.«

»Es war nicht *meine* Idee«, antwortete Delamere ärgerlich, »sondern die deines Freundes.«

»Und aus genau diesem Grund werde ich Sie auch begleiten«, sagte Mike.

Aus irgendeinem Grund schien Delamere dieser Vorschlag nicht zu gefallen. Er sah Mike auf sonderbare Weise an, druckste einen Moment herum und schüttelte heftig den Kopf. »Das ist nicht nötig«, antwortete er. »Wenn dieser alte Häuptling sein Wort hält, dann kann ich alles genauso gut allein erledigen. Und wenn nicht, gibt es keinen Grund, dein Leben auch noch in Gefahr zu bringen.«

Mike war nicht ganz sicher, was er von diesen Worten halten sollte. Ein solcher Edelmut passte gar nicht zu dem Belgier, so wie er ihn bisher kennen gelernt hatte. Und auch, wenn Jacques' Worte vernünftig klangen, so spürte er doch irgendwie, dass das nicht der einzige Grund war, aus dem er ihn nicht dabeihaben wollte. Plötzlich wünschte er sich nichts mehr, als dass Astaroth hier wäre.

Außerdem würde er niemals hier sitzen bleiben und in aller Ruhe abwarten ohne zu wissen, wie es Serena ging.

»Kommt nicht in Frage!«, sagte er entschieden. »Ich komme mit.«

»Und ich ebenfalls.« Trautman machte eine entschiedene Handbewegung, die jeden Widerspruch schon im Keim erstickte. »Kommt.«

Delamere sah für einen Moment regelrecht bestürzt drein, sagte aber nichts, sondern drehte sich herum und stampfte mit finsterem Gesicht aus dem Salon. Trautman sah ihm kopfschüttelnd nach, beließ es aber bei einem bloßen Achselzucken und einer entsprechenden Geste in Mikes Richtung, ihm zu folgen. Trotzdem war Mike klar, dass er Delamere ebenso wenig traute wie er selbst.

Sie verließen die NAUTILUS, ließen das Boot zu Wasser und ruderten zur Insel hinüber. Ein intensiver Brandgeruch lag in der Luft und vom Himmel fiel noch immer Asche in grauen Flocken wie heißer Schnee, der aber nicht schmolz, wenn er das Boot oder seine Insassen berührte, sondern eine schmierige, graue Schicht bildete, die in den Augen brannte und das Atmen schwer machte. Es war auch hier, Stunden vom Zentrum der Eruption entfernt, fast vollkommen dunkel. Trautman hatte den starken Scheinwerfer eingeschaltet, der im Bug des kleinen Ruderbootes befestigt war, aber der grellweiße Strahl erreichte nicht einmal das Ufer, sondern verlor sich schon nach wenigen Metern in tanzenden Flocken und absoluter Schwärze. Obwohl sie nur fünf Minuten brauchten um das Ufer zu erreichen, war das Boot fast zur Hälfte mit Asche gefüllt und seine drei Insassen mit einer grauen Schicht überpudert.

Trautman und Mike zogen das Beiboot so weit auf den aschebedeckten Strand hinauf, wie sie konnten. Delamere stand nur dabei und sah ihnen zu, aber weder Trautman noch Mike verloren auch nur ein Wort darüber. Irgendetwas stimmte mit dem Vulkanologen nicht, das war jetzt kaum mehr zu übersehen. Aber sie würden später noch Zeit genug haben, sich den Kopf darüber zu zerbrechen – oder schlimmstenfalls Astaroth mit der Aufgabe zu betrauen, die Wahrheit herauszufinden. Jetzt war es Mike im Grunde nur wichtig, Serena und Singh zu holen und so schnell wie möglich wieder von hier zu verschwinden.

Die Insel selbst bot einen fast noch unheimlicheren Anblick als das Meer. Auch hier herrschte eine solche Dunkelheit, dass sie nur wenige Schritte weit sehen konnten – und das Wenige, was in dieser aschedurchsetzten Düsternis überhaupt zu erkennen war, schien kaum noch Ähnlichkeit mit dem tropischen Inselparadies zu haben, als das sich ihnen das Eiland vor kaum vierundzwanzig Stunden noch präsentiert hatte. Der Dschungel war grau, ohne Farben und fast ohne Schattierungen. Die Blätter der großen Palmbäume bogen sich unter dem Gewicht der Asche, die auf ihnen lastete, und selbst zwischen den Bäumen bedeckte eine knöcheltiefe, warme Schicht den Boden. Die Luft roch so intensiv verbrannt, dass Mike eigentlich erwartete, nur noch verkohlte Strünke und zu Lava erstarrtes Erdreich zu sehen, was aber nicht der Fall war; auch später nicht, als sie tiefer in den Dschungel eindrangen. Der Brandgeruch schien einzig von den beiden aktiven Vulkanen zu kommen, die hundert Kilometer entfernt immer noch Feuer in den Himmel spien.

Mike sah nicht auf die Uhr, aber er war sicher, dass sie viel länger als beim ersten Mal brauchten, um den Dschungel zu durchqueren. Der Trampelpfad, dem sie gestern gefolgt waren, war verschwunden. Alles, was sie sahen, war wirbelnde graue Asche, die in ihren Augen und Lungen brannte, sodass sie bald ununterbrochen husteten und sich die tränenden Augen rieben.

Als sie den Fuß des Vulkanberges erreichten, sahen sie zum ersten Mal wieder Licht: Einen flackernden, roten Schein, der vom Gipfel des Berges zu ihnen herabstrahlte. Im ersten Moment durchfuhr Mike ein eisiger Schrecken, denn er nahm an, dass auch dieser Vulkan ausgebrochen war und sie den Widerschein der Lava sahen; dann begriff er seinen Irrtum und atmete erleichtert auf. Der Feuerschein stammte nicht aus dem Krater, sondern strahlte aus halber Höhe des Berghanges zu ihnen herab. Im Dorf der Pahuma brannten Fackeln, das war alles.

Die Asche machte es noch schwieriger, auf der erstarrten Lava zu gehen, die den Berghang bedeckte. Der Trampelpfad, den Millionen Pahuma-Füße in tausenden von Jahren in den Berghang gegraben hatten, war ebenso unter der grauen Schicht verschwunden wie der Weg durch den Wald, sodass sie mehr als einmal unter der darunter verborgenen spiegelglatten Lava ausglitten und stürzten. Der Weg zu dem Plateau auf halber Höhe des Berges hinauf kostete sie fast alle Kraft, die sie noch hatten. Mike taumelte mehr, als er ging, zwischen den ersten Häusern hindurch.

Das Erste, was ihm auffiel, war die unheimliche Stille. Auch das Dorf der Pahuma war über und über mit Asche bedeckt, die hier sogar noch höher lag als unten im Dschungel; Mike versank zum Teil bis über die Waden in der pulvrigen, grauen Masse. Hier und da brannte ein Feuer oder eine Fackel, mit der die Pahuma versucht hatten, die künstliche Nacht zu erhellen, aber nirgends zeigte sich auch nur die geringste Spur von Leben und sie hörten auch nichts. Nach ein paar Schritten blieb Mike stehen und sah sich mit wachsender Beunruhigung um. Auch Trautman blieb stehen, ging schließlich schweigend zu einer der Hütten und sah hinein. Schon nach einem Augenblick kam er zurück, betrat ohne ein weiteres Wort das nächste Gebäude und dann noch eines und noch eines. Schließlich schüttelte er den Kopf und sagte: »Nichts. Hier ist niemand mehr.«

»Aber wo sind sie denn?«, murmelte Mike. Gleichzeitig rief er in Gedanken nach Astaroth, so intensiv er nur konnte. Auf dem Weg hier herauf hatte er das schon ein paar Mal getan, ohne eine Antwort zu bekommen, und er bekam auch jetzt keine.

»Dort!«, rief Jacques plötzlich. Er deutete nach vorne, anscheinend auf den runden Kratersee, der das Dorf an einer Seite begrenzte. Erst nach einer Sekunde sah Mike, dass er etwas auf der anderen Seite meinte.

Trotzdem hätte er die Menschenansammlung dort drüben wahrscheinlich kaum bemerkt, hätten sich nicht einige von ihnen in diesem Moment bewegt. Auch am anderen Ufer des Sees brannten mehrere Fackeln, aber die drei oder vier Dutzend Gestalten, die Mike mit einiger Mühe in ihrem Licht ausmachte, waren so mit grauer Asche bedeckt, dass sie sich kaum vom Boden unterschieden.

»Was ... was tun die da?«, murmelte Delamere stockend.

Sie flehen ihren Vulkangott um Hilfe an, flüsterte eine Stimme in Mikes Kopf. *Und ich würde euch nicht raten, das Zeremoniell zu stören. Darauf reagieren sie ziemlich übel.*

»Astaroth?«, murmelte Mike. Etwas lauter und an die anderen gewandt sagte er: »Bleibt stehen!«

Delamere, der bereits dazu angesetzt hatte, auf die Insulaner zuzugehen, verhielt tatsächlich mitten im Schritt, sah Mike aber eindeutig ärgerlich an: »Wieso?«

»Tun Sie einfach, was er sagt«, knurrte Trautman. »Mike weiß schon, was er tut.«

Delamere blieb tatsächlich stehen, starrte Mike aber so finster an, dass die lautlose Stimme in seinem Kopf gar nicht nötig gewesen wäre: *Sagt dir der Begriff* eingebildeter Rotzlöffel *etwas?*

Mike zog es vor, nichts dazu zu sagen, sondern konzentrierte sich lieber auf die Geschehnisse am anderen Ufer des Sees. Gute fünf Minuten lang geschah scheinbar nichts und auch Astaroth rührte sich nicht mehr. Doch gerade als sich auch Mikes Geduld allmählich ihrem Ende zuzuneigen begann, kam Bewegung in die aschefarbene Gruppe. Zuerst eine, dann zwei Gestalten und schließlich ein knappes Dutzend löste sich aus den bisher reglos dastehenden Reihen und kam langsam um den See herum und auf sie zu. Etwas, das wie eine zu groß geratene Aschenflocke aussah, folgte ihnen in geringem Abstand.

»Das sind Serena und Ah'Kal«, sagte er. »Und ein halbes Dutzend seiner Krieger ... Sie sind nicht besonders gut gelaunt, fürchte ich.«

»Woher willst du das wissen?«, fragte Jacques.

»Ich weiß es eben«, antwortete Mike. Es erschien ihm wenig ratsam, Delamere zu verraten, dass es jemanden unter ihnen gab, der die Gedanken eines Menschen lesen konnte wie ein offenes Buch. Auch als Astaroth in seinen Gedanken hinzufügte: *Sag mal, was heißt eigentlich dämlicher Hosenscheißer?*

Schluss damit, antwortete Mike auf dieselbe lautlose Art, aber so scharf er konnte. *Ich will nichts mehr hören!*

Ich dachte nur, es würde dich interessieren, dass er –

Schluss! donnerte Mike. *Keinen Ton mehr!*

Astaroth wäre natürlich nicht Astaroth gewesen, hätte er nicht das letzte Wort zu einer patzigen Bemerkung genutzt. Trotzdem gehorchte er und hüllte sich in beleidigtes Schweigen.

Es dauerte noch eine geraume Weile, bis Serena und die Pahuma den See umrundet hatten und näher kamen. Trotz der dicken Ascheschicht auf ihren Gesichtern konnte Mike an den Bewegungen der Insulaner erkennen, wie zornig sie waren, und ihm entgingen auch keineswegs die Waffen, die Ah'Kals Begleiter in den Händen trugen.

Trotzdem hielt er es schließlich nicht mehr aus, sondern rannte los und stürmte Serena auf den letzten Metern entgegen. Ohne auf ihren halbherzigen Protest zu achten, drückte er sie überschwänglich an sich und hielt sie fast eine Minute lang fest, ehe es Serena gelang, sich mit schon etwas mehr als sanfter Gewalt loszumachen.

»He, he!«, keuchte sie atemlos. »Ich freue mich ja auch, dich wieder zu sehen, aber ist das ein Grund, mich gleich zu erwürgen?«

Wenn sie wüsste, was du stattdessen jetzt lieber tun würdest, sagte Astaroth in seinen Gedanken. Mike stieß mit dem Fuß nach ihm und Astaroth brachte sich mit einem hastigen Schritt in Sicherheit und verschwand in einer gewaltigen Staubwolke.

»Wie geht es dir?«, fragte Mike Serena hastig. »Haben sie euch etwas angetan?«

An Stelle der Atlanterin antwortete Ah'Kal: »Ich habe euch mein Wort gegeben, dass nicht wir über das Schicksal deiner Freunde entscheiden«, sagte er. »Ihnen wurde kein Haar gekrümmt.«

»Entschuldige«, sagte Mike. »Es war nur –«

Ah'Kal brachte ihn mit einer entsprechenden Geste zum Verstummen. »Ich weiß, dass es nur die Sorge um deine Freundin war, der diese Worte entsprangen«, sagte er. »Deshalb will ich sie dir verzeihen. Und ich muss gestehen, dass auch ich an euch gezweifelt habe.«

»Du hast geglaubt, wir würden nicht wiederkommen«, sagte Mike.

»Ogdy zürnt«, erwiderte Ah'Kal. Seine Hand deutete auf die beiden Flammen speienden Vulkane am Horizont, dann in die brodelnde Schwärze hinauf, die den Himmel verschlungen hatte. »Wir dachten, er hätte euch verschlungen.«

Mike wollte antworten, aber Jacques kam ihm zuvor. »Wir haben dir unser Wort gegeben«, sagte er in einem Ton, den

offensichtlich nicht nur Mike nicht für ganz angemessen hielt. »Ich habe eure Götter erzürnt, indem ich an einem Ort war, den ich nicht betreten durfte. Das tut mir Leid. Aber wir waren dort draußen, an einem Ort tief unter dem Meer. Dort, wo eure Götter wohnen.«

»Sind Sie wahnsinnig, Delamere?«, keuchte Trautman.

Jacques hob unwillig die Hand und fuhr zu Ah'Kal gewandt fort: »Wir haben mit ihnen geredet. Du hast Recht, Ah'Kal. Sie waren zornig, weil ich aus Unwissenheit etwas getan habe, was ich nicht hätte tun dürfen. Und doch haben sie mir verziehen und sie haben mir versprochen, dass dir und deinem Volk nichts geschehen wird.«

Mike war vollkommen fassungslos. Was hatte Jacques vor? Wusste er nicht, dass er alles nur noch viel schlimmer machen würde, wenn auch nur die winzigste Kleinigkeit geschah, die Ah'Kal bloß die Vermutung gab, dass er sein Versprechen nicht einlösen würde?

»Wenn du die Wahrheit sprichst«, sagte Ah'Kal, »warum zürnt Ogdy dann noch?«

»Er ist ein gewaltiger Gott«, antwortete Delamere ernst. »Und auch sein Zorn ist gewaltig. Er wird sich beruhigen, aber es wird noch einige Tage dauern. Doch ihr müsst keine Angst haben. Die Sonne wird die Dunkelheit wieder besiegen und niemandem wird ein Leid geschehen.«

Ah'Kal schwieg dazu. Der Panzer aus grauer Asche auf seinem Gesicht machte es unmöglich, darin zu lesen, aber Mike konnte sich lebhaft vorstellen, was in dem alten Mann vorging. Delameres Behauptung war haarsträubend. Kein Mensch auf der Welt konnte voraussagen, ob die Aktivität der Vulkane in den nächsten Stunden oder auch Tagen aufhörte, gleich blieb oder gar zunahm.

Und als wären seine Gedanken das Stichwort gewesen, trug der Wind plötzlich ein dumpfes Grollen an ihr Ohr, und als sie sich alle erschrocken herumdrehten, sahen sie einen großen, blendend weißen Feuerball, der den halben Himmel in Flammen zu setzen schien.

Das musste der große Ausbruch sein, von dem Delamere gesprochen hatte. Er war gekommen – mit einigen Stunden Verspätung zwar, aber er war gekommen.

Erst dann begriff er, dass ihnen diese Verspätung das Leben gerettet hatte. Wäre die NAUTILUS in den Mahlstrom dieser Gewalten geraten, wäre sie in Bruchteilen von Sekunden einfach zerfetzt worden.

»Ogdy!«, flüsterte Ah'Kal. Sekundenlang starrte er aus weit aufgerissenen Augen in die weiße Glut, die sich immer noch höher und höher dem Himmel entgegenwälzte, dann flüsterte er noch einmal den Namen seines Feuergottes und sank langsam auf die Knie. Hinter ihm taten seine Krieger dasselbe und Mike sah aus den Augenwinkeln, wie sich auch die Pahuma auf der anderen Seite des Sees auf die Knie fallen ließen und ihren Gott um Gnade anflehten.

Trautman sah die Situation etwas pragmatischer. Er griff unter die Jacke, zog das Sprechgerät heraus und versuchte Kontakt mit der NAUTILUS aufzunehmen. Im ersten Moment hörte Mike nur die schon bekannten Stör- und Pfeifgeräusche, aber dann konnte er in all dem Krachen und Piepsen doch ganz leise und verzerrt Bens Stimme erkennen. »Wir haben es gesehen«, schrie Ben. »Kommt herunter! Um Gottes willen, schnell!«

»Dazu ist keine Zeit mehr!«, antwortete Trautman. »Bringt die NAUTILUS in Sicherheit! Auf die andere Seite der Insel!«

»Und was ist mit euch?«

»Uns passiert nichts«, behauptete Trautman mit einer Überzeugung, die Mike nicht annähernd teilte. »Aber es kommt eine Flutwelle! Wenn sie die NAUTILUS in der Bucht erwischt, werdet ihr zerschmettert. Bringt das Schiff aufs Meer hinaus!«

»Sie sollen sich beeilen«, fügte Delamere hinzu. »Sie haben wahrscheinlich nicht einmal eine halbe Stunde Zeit.«

»Ich habe es verstanden«, sagte Ben, ehe Trautman Jacques' Worte wiederholen konnte.

»Dann verliert keine Zeit mehr«, sagte Trautman. »Wir treffen uns unten am Strand, wenn alles vorbei ist.«

»Wenn es dann noch einen Strand gibt«, murmelte Delamere.

»Ihr Pessimismus kommt ein bisschen spät«, sagte Mike. »Haben Sie nicht gerade behauptet, dass uns nichts geschehen könnte?«

»Und was hätte ich sagen sollen?«, fauchte Jacques. »Dass wir es versucht haben, es aber nicht funktioniert hat? Dann hätten uns diese Wilden doch gleich umgebracht!«

Er sprach so laut, dass Ah'Kal eine gute Chance hatte, seine Worte zu verstehen. Mike sah den Pahuma erschrocken an, aber der alte Insulaner reagierte nicht, sondern fuhr fort seine Götter um Gnade anzuflehen.

»Außerdem hat es funktioniert«, fuhr Delamere fort. Er klang jetzt trotzig. »Das da hinten hätte genauso gut auch hier passieren können!«

»Sagen Sie mir nur eins«, sagte Trautman. »Sind wir hier in Sicherheit oder nicht?«

»Vielleicht«, antwortete Jacques und zuckte mit den Schultern. »Ich weiß es nicht. Der Ausbruch ist weit entfernt, aber so etwas habe ich noch nie erlebt.«

»Wie beruhigend«, murmelte Mike. Er sah wieder nach Norden. Aus dem Weiß war ein unheimliches, mit Gelb durchsetztes Rot geworden, das sich immer und immer noch höher in den Himmel emporwälzte. Der Ausbruch war weit entfernt. Und trotzdem ...

Die Höhlen, sagte Astaroth in seinen Gedanken.

»Höhlen?«

Es gibt große Höhlen oben im Inneren des Vulkankraters, erklärte Astaroth. *Groß genug für euch alle.*

Delamere hatte das Wort gehört, das er versehentlich laut ausgesprochen hatte. Jetzt erschien ein verblüffter Ausdruck auf seinem Gesicht. »Die Höhlen«, murmelte er. »Natürlich! Die Höhlen!«

Aufgeregt fuhr er zu Ah'Kal herum und sprudelte regelrecht los: »Die Höhlen, Ah'Kal! Wir müssen in die Höhlen, oben im Heiligen Krater!«

Ah'Kal unterbrach sein gemurmeltes Gebet und sah mit undeutbarem Gesicht zu ihm hoch. Er sagte nichts, aber Jacques fuhr noch aufgeregter fort: »Ogdys Zorn wird diese Insel treffen, aber er bietet seinen Kindern auch Schutz! Wir müssen in die Höhlen hinauf! Ogdy selbst wird uns vor dem Zorn der Elemente beschützen!«

Der Pahuma dachte noch eine Sekunde lang angestrengt nach, dann kam er sichtlich zu einem Entschluss. Er stand auf, sagte einige Worte in seiner Muttersprache zu seinen Männern und wandte sich dann wieder an Mike und die anderen. »Folgt mir!«

»Schnell«, fügte Delamere hinzu. Mike schenkte ihm einen bösen Blick, sagte aber nichts, sondern ergriff Serenas Arm und schloss sich Ah'Kal und den anderen an, die ein überraschend hohes Tempo vorlegten, sodass sie beinahe rennen mussten um mit ihnen Schritt zu halten.

Sie umrundeten den See zur Hälfte und schon von weitem rief Ah'Kal seinem Stamm etwas zu und gestikulierte dabei zum Gipfel des Vulkanberges hinauf, woraufhin die Pahuma ihr Gebet unterbrachen und sich ebenfalls in aller Hast auf den Weg machten. Zusammen mit Singh und den restlichen Gefangenen machten sie sich an den Aufstieg.

Wie sich zeigte, hatte sich Delamere gleich in zweifacher Hinsicht geirrt: Sie hatten sehr viel weniger Zeit als eine halbe Stunde und sie befanden sich *keineswegs* in Sicherheit.

Der Aufstieg zum Krater hinauf dauerte nicht sehr lange, aber schon eine ganze Weile, bevor sie dessen Rand erreichten, stürzte ein roter Feuerball vom Himmel und schlug wie eine Bombe auf der Flanke des Berges tief unter ihnen ein. Er war weit entfernt, sodass sie nicht in Gefahr waren, aber dem ersten Lavabrocken folgte ein zweiter, ein dritter und vierter und schließlich begann es vom Himmel regelrecht brennende Steine zu regnen, die überall auf dem Berg einschlugen und dabei rot glühende

Lavatropfen verspritzten. Trotz der Gefahr, auf dem schlüpfrigen Untergrund auszugleiten und zu stürzen, begannen sie zu rennen, um dem immer dichter werdenden Bombardement zu entgehen. Dann und wann stürzte tatsächlich einer von ihnen und einmal schlug ein Lavabrocken in ihrer unmittelbaren Nähe ein und explodierte in einem Funkenschauer, dem ein Chor gellender Schmerzensschreie folgte.

Mike warf im Laufen einen gehetzten Blick über die Schulter zurück. Das Dorf der Pahuma brannte. Offensichtlich hatten glühende Gesteinsbrocken die einfachen Palmhütten getroffen und in Brand gesetzt, und gerade in diesem Moment schlug eines der himmlischen Geschosse in den See ein und ließ eine zwanzig Meter hohe Wassersäule aufsteigen.

»Schneller!«, schrie Delamere. »Das Schlimmste kommt erst noch!«

Mike fragte sich, was denn noch schlimmer kommen konnte, versuchte aber trotzdem schneller zu laufen. Der Regen aus Lavabrocken wurde immer dichter und es kam Mike mittlerweile fast wie ein Wunder vor, dass noch niemand ersthaft verletzt oder gar getötet worden war.

Der Kraterrand lag nur noch wenige Meter über ihnen, als Mike ein unheimliches Grollen und Rumoren hörte. Er warf erneut einen Blick über die Schulter zurück, und was er sah, das ließ ihn innerlich vor Entsetzen aufstöhnen: Der Himmel war nicht mehr vollkommen schwarz, es herrschte nun ein trübgraues, Farben fressendes Zwielicht, sodass er die gigantische Wasserwand sehen konnte, die sich der Insel von Norden her näherte.

»Schnell!«, brüllte Jacques.

Mike beschleunigte seine Schritte noch einmal, setzte mit einem Sprung über den Kraterrand hinweg und schlitterte auf der Innenseite wieder hinunter.

Kaum hatte er es geschafft, da war es, als ob die gesamte Insel unter einem gewaltigen Schlag erbebte. Ein unvorstellbar lautes Brüllen und Heulen hob an, und als Mike nach oben blickte, sah er, wie einer von Ah'Kals Kriegern, der den Abschluss bildete, wie von einer unsichtbaren Hand ergriffen und in die Höhe gerissen wurde. Hilflos wie ein Blatt im Sturm wurde er davongeschleudert, bis er schließlich fast in der Mitte des Kratersees ins Wasser stürzte. Die ungeheure Druckwelle, die der Vulkanausbruch verursacht hatte, hatte die Insel getroffen.

Ein unvorstellbarer Sturmwind tobte über den Krater hinweg und rüttelte wie mit unsichtbaren Riesenfäusten am Fels. Sie waren nicht einmal hier drinnen in Sicherheit. Der Vulkan schützte sie vor der unmittelbaren Wucht der Druckwelle, aber trotzdem bildeten sich gefährliche, ungemein starke Wirbel und Soge, die sie alle von den Füßen fegte. Faustgroße Steine wurden in die Höhe gerissen und prasselten wie todbringender Hagel auf sie nieder und der ganze Berg zitterte und bebte immer heftiger. Mike schlitterte hilflos wie die anderen in den Krater hinab, schlug unsanft auf seinem Grund auf, schlitterte noch ein Stückchen weiter und rutschte bis über die Hüften ins Wasser, ehe es ihm endlich gelang, seinen Sturz zu bremsen.

Hastig rappelte er sich auf. Sein erster Blick galt Serena, aber sie hatte mehr Glück gehabt als er. Sie war zwar ebenso gestürzt wie alle anderen, stand aber bereits wieder auf den eigenen Beinen und schien nur ein paar harmlose Kratzer abbekommen zu haben.

Ein mehr als kopfgroßer Lavabrocken stürzte fast senkrecht vom Himmel und schlug in den Kratersee ein. Nur eine Handbreit neben Mike traf ein Spritzer rot glühenden, halbflüssigen Gesteins den Boden. Mike keuchte vor Schrecken, sprang hastig hoch und rannte geduckt los. Der Regen aus glühender Lava und Felstrümmern wurde immer dichter.

Verzweifelt hielt er nach dem Höhleneingang Ausschau, von dem Astaroth und Jacques gesprochen hatten. Er war nicht einmal sehr weit entfernt, aber so schmal, dass er ihn wahrscheinlich glatt übersehen hätte, wäre er nicht einfach den Pahuma gefolgt, die einer nach dem anderen in der kaum meterbreiten Spalte verschwanden.

Es dauerte nur wenige Minuten, bis auch er an der Reihe war, aber sie kamen ihm vor wie eine Ewigkeit. Der Berg unter ihren Füßen zitterte immer noch. Kreisförmige Wellen peitschten die Oberfläche des Sees in immer rascherer Folge. Die Druckwelle, die die Insel in ihren Grundfesten erschüttert hatte, war vorüber, aber nun raste ein wahrer Höllensturm über den Krater hinweg, der jede Verständigung einfach unmöglich machte, und der Regen tödlicher Lavabrocken wurde immer dichter.

Aber sie hatten Glück. Zwei Pahuma und einer von Delameres Männern trugen leichtere Verletzungen davon und auch Mike musste sich einmal mit einem gewaltigen Satz in Sicherheit bringen, als ein Klumpen rot glühender Lava unangenehm nahe auseinander spritzte, aber schließlich befand auch er sich im Schutz der Höhle.

Sofort hielt er nach Serena Ausschau. Er entdeckte sie im hinteren Teil der niedrigen, aber erstaunlich geräumigen Höhle, wo sie sich mit Trautman und Singh unterhielt. Einige Pahuma hatten Fackeln entzündet, die zwar sofort die Luft zu verpesten begannen und das Atmen schwer machten, aber für hinlängliche Beleuchtung sorgten. Obwohl die Höhle recht groß war, hatte Mike alle Mühe, zu Serena und den anderen vorzudringen. Zusammen mit Delameres Leuten hielten sich über hundert Personen in der aus Lava geformten Höhle auf, von denen nicht wenige verletzt waren. Nur mit einiger Mühe gelang es Mike überhaupt, sich zu Serena und den anderen durchzukämpfen.

»Alles in Ordnung?«, fragte er.

Trautman nickte. »Ja, auch wenn ich nicht weiß, wie lange noch.« Er schüttelte den Kopf. »Ich habe ja schon eine Menge verrückter Dinge erlebt, aber mich in einem Vulkankrater zu verstecken, um vor einem Vulkanausbruch in Sicherheit zu sein ... also das ist verrückt!«

»Hauptsache, es ist sicher«, sagte Singh. Er wirkte ein bisschen nervös. Wie um sich selbst zu beruhigen, fügte er hinzu: »Delamere wird schon wissen, was er tut. Immerhin ist er Spezialist auf diesem Gebiet.«

»Wo ist er überhaupt?«, fragte Serena.

Mike sah dorthin, wo sich Jacques' Frau und die übrigen Mitglieder seiner Expedition aufhielten. Delamere war jedoch nicht dort, sondern befand sich bereits wieder am Ausgang der Höhle.

»Was macht er da?«, wunderte sich Trautman.

Draußen schien die Welt unterzugehen. Der Sturm hatte die Wolken davongefegt und das Licht war jetzt eher rot als grau. Trümmer und Lavabrocken regneten vom Himmel und der Boden zitterte noch immer. »Sind wir hier sicher?«, fragte Mike und trat neben den Vulkanologen.

Delamere hob die Schultern, ohne ihn auch nur anzusehen. »Für eine Weile«, sagte er. »Das kommt darauf an.«

»Worauf?«, hakte Trautman nach.

Delamere zuckte erneut mit den Schultern. Diesmal sagte er gar nichts.

Trautman schwieg ebenfalls und sah wie Delamere und Mike hinaus. Er wirkte nicht minder besorgt als Delamere, aber nach einigen Augenblicken erschien ein nachdenklicher Ausdruck auf seinem Gesicht. Mike konnte nicht genau sagen, wohin er blickte, aber seine Aufmerksamkeit schien nun nicht mehr allein dem Sturm und den Trümmerbrocken zu gelten, die vom Himmel regneten.

»Was haben Sie?«, fragte Mike alarmiert.

»Ich weiß nicht«, gestand Trautman. »Aber irgendetwas ...« Er brach ab, zuckte mit den Schultern und trat wieder einen Schritt zurück. »Ich komme nicht darauf.«

»Das gefällt mir nicht«, murmelte Jacques. »Es müsste aufhören, aber es scheint immer schlimmer zu werden.«

»Was heißt das?«, fragte Mike erschrocken. »Dass der Vulkan ausbricht? Während wir *hier drinnen* sind?« Bei den letzten Worten hatte seine Stimme eindeutig hysterisch geklungen, selbst in seinen eigenen Ohren.

»Wenn der Vulkan ausbricht«, sagte Delamere betont, »spielt

es keine Rolle, wo wir sind. Dann bleibt nämlich von dieser Insel nichts mehr übrig. Aber das wird er nicht.«

Ogdys Zorn verschonte sie tatsächlich; zumindest für die nächste halbe Stunde. Der Sturm wurde für eine kurze Weile noch schlimmer und verlor dann allmählich an Kraft und der tödliche Steinregen hörte ebenfalls langsam, aber sicher auf. Mike hatte Delamere nicht noch einmal gefragt, wie er ihre Chancen einschätzte, lebendig hier herauszukommen, und auch von den anderen hatte keiner eine entsprechende Frage gestellt. Es war überhaupt fast unheimlich still in der Höhle geworden. Von draußen drang weiter das Heulen des Sturmes und das entfernte Grollen des Vulkans herein, aber niemand sprach. Selbst die Gebete der Pahuma waren zu einem gemurmelten Singsang herabgesunken, der sich fast wie ein natürliches Geräusch in das Heulen des Sturmes und das Grollen der protestierenden Erde einfügte.

Ob es nun Zufall war – das Ergebnis dessen, was die NAUTILUS getan hatte, oder die Antwort auf die Gebete der Insulaner –, nach und nach verebbte der Sturm. Der Lavaregen hörte auf und dann verstummte auch der Vulkan.

Schließlich wagten sie es, die Höhle am Ufer des Kratersees wieder zu verlassen und abermals zum Kraterrand hinaufzusteigen.

Es war ein unheimlicher Anblick. Mikes Herz klopfte bis zum Hals, als er neben Serena auf den Grat hinaustrat und nach unten blickte. Er wusste nicht, was er erwartet hatte – aber die Wirklichkeit war schlimmer.

Der Himmel hatte eine bleigraue, unangenehme Färbung angenommen und er schien so tief zu hängen, dass man fast meinte ihn anfassen zu können, wenn man den Arm ausstreckte. Das Meer, das noch vor einer halben Stunde in Aufruhr gewesen war, lag glatt und reglos wie ein zerkratzter matter Spiegel da und statt einer Flammenwand stieg nun im Norden eine gewaltige brodelnde Säule aus weißem Rauch in den Himmel.

Die Insel selbst hatte ihr Aussehen so vollkommen verändert, dass sich Mike im ersten Moment ernstlich fragte, ob sie den Krater vielleicht auf der falschen Seite verlassen hatten. Der Strand war buchstäblich leer gefegt. Wo vorhin noch Sand gewesen war, da erblickte er jetzt nackten, feucht glänzenden Fels, von dem die Flutwelle und der nachfolgende Vulkan auch noch den letzten Krümel Sand heruntergefegt hatten. Das Meer reichte jetzt ein gutes Stück weiter ins Innere der Insel als noch am Morgen und der Fluss und der kleine See an seinem Ende waren unter Tonnen von Sand und Felsgestein verschwunden. Der allergrößte Teil der Palmen dort unten war entwurzelt und umgestürzt; die wenigen Bäume, die stehen geblieben waren, zeigten nur noch nackte Stämme. An Dutzenden von Stellen stiegen schwarze oder graue Rauchsäulen in den Himmel, wo sich brennende Lavabrocken in den Boden gebohrt hatten. Und das Pahuma-Dorf selbst ...

war verschwunden.

Mike hatte erwartet, es verwüstet oder vollkommen niedergebrannt vorzufinden, aber es war *einfach nicht mehr da.* Nicht ein einziges Trümmerstück war zu sehen, kein Blatt, kein Holzsplitter, nichts. Die gesamte Flanke des Berges glänzte wie frisch poliert. »Wenigstens ist die Asche nicht mehr da«, sagte Serena.

Sie lächelte bei diesen Worten und Mike war klar, dass sie versucht hatte die Situation mit einem Scherz zu entspannen. Aber sie war nervös. Der Klang ihrer Stimme verdarb ihr den gewünschten Effekt und auch Mike war ganz und gar nicht zum Lachen zu Mute. Und das lag nicht nur an dem furchtbaren Anblick.

Mike traute der unheimlichen Stille nicht. Es war keine normale Ruhe. In der Luft lag eine fast greifbare Spannung, so als ... als hielte die Natur selbst den Atem an.

Ganz langsam begannen sie den Abstieg zum Plateau. Auch die Pahuma verhielten sich sehr still. Vermutlich waren sie ebenso erschüttert wie Mike, ihre Heimat nicht einfach nur zerstört, sondern im wahrsten Sinne des Wortes *ausgelöscht* zu sehen. Trotzdem registrierte Mike zugleich voller Erleichterung, dass die Insulaner ihm und den anderen Gefangenen nun keinerlei Beachtung mehr zu schenken schienen.

Auf halbem Wege hinunter zum See zog Trautman das Sprechgerät unter seiner Jacke heraus und versuchte Kontakt zur NAUTILUS aufzunehmen, erntete aber nur die schon bekannten Störungen. Mike sagte nichts dazu, registrierte es aber mit einem Gefühl neuerlicher Sorge. Jacques hatte erklärt, dass die Störungen an irgendwelchen elektrischen Feldern lägen, die durch die Aktivität der Vulkane ausgelöst werden würden. Wenn sie anhielten, dann bedeutete das, dass vielleicht auch die Vulkane noch nicht ganz so erloschen waren, wie es den Anschein hatte.

Kurz bevor sie das Ufer des Sees erreichten, blieb Ah'Kal stehen und auch die anderen Pahuma hielten an und nahmen hinter ihm Aufstellung. Trautman, Mike und die beiden anderen wagten es nicht, den Häuptling anzusprechen, als sie den Ausdruck auf seinem Gesicht sahen. Zum ersten Mal nach langer Zeit wieder hielt Mike nach Astaroth Ausschau, konnte ihn aber nirgendwo sehen. Delamere übrigens auch nicht.

Lange Zeit geschah gar nichts. Ah'Kal stand wie zur Salzsäule erstarrt da und blickte dorthin, wo seine Heimat gewesen war. Auf seinem Gesicht rührte sich kein Muskel. Er blinzelte nicht einmal.

Schließlich räusperte sich Mike leise und sagte: »Es tut mir unendlich Leid, Ah'Kal. Ich ... ich wollte, ich könnte etwas für euch tun.«

»Es ist nicht eure Schuld«, antwortete Ah'Kal, ohne den Blick von der Stelle am anderen Ufer des Sees, an dem sein Dorf gestanden hatte, zu lösen. »Die Götter haben uns geprüft. Es war nicht das erste Mal und es wird nicht das letzte Mal sein. Sie haben uns das Leben gelassen, und das allein zählt.«

Mike wusste im ersten Moment wirklich nicht, was er sagen sollte. Es lag ihm auf der Zunge, Ah'Kal zu sagen, dass das, was hier passiert war, nichts mit dem Wirken irgendwelcher Götter zu tun hatte, aber er tat es nicht. Trotz allem sprach aus den Worten des alten Mannes eine Weisheit, die ihn schaudern ließ.

»Können wir euch irgendwie helfen?«, fragte Trautman.

Ah'Kal schüttelte den Kopf. »Ogdy wird uns beschützen«, sagte er überzeugt.

»Wird er euch auch etwas zu essen geben?«, fragte Singh.

»Es wird ein Jahr oder länger dauern, bis hier wieder irgendetwas wächst.«

»Dann wird uns das Meer ernähren«, antwortete Ah'Kal. »Ich danke euch für euer Angebot, doch wir brauchen es nicht.«

Singh setzte dazu an, erneut zu widersprechen, kam jedoch nicht dazu, weil Serena in diesem Moment wie zufällig einen Schritt zur Seite trat und ihm dabei so kräftig auf die Zehen stieg, dass sich seine Augen weiteten. Mike warf ihr einen dankbaren Blick zu und Ah'Kal, der das Manöver aus den Augenwinkeln beobachtet hatte, lächelte flüchtig.

Mike sah wieder in den Himmel. Die Wolkendecke war dichter geworden und sie schien jetzt noch niedriger über der Insel zu hängen. Die Spannung, die er die ganze Zeit über schon zu spüren glaubte, hatte zugenommen; fast wie das elektrische Knistern, das manchmal vor einem besonders schweren Gewitter zu spüren war.

Ah'Kal löste sich endlich aus der Erstarrung, in der er die ganze Zeit über dagestanden hatte, und begann mit gemessenen Schritten den See zu umrunden. Mike fiel an dem Wasser des kreisrunden Sees etwas auf, aber er wusste nicht, was es war – nur eben, dass etwas nicht stimmte.

Erst als sie den See zur Hälfte umrundet hatten, wurde ihm klar, was es war.

Das Wasser. Es hatte seine Farbe geändert.

Bisher war es grau gewesen, manchmal mit einem Schimmer von Blau oder Türkis, je nachdem, welche Farbe der Himmel hatte, den es widerspiegelte. Jetzt hatte es einen intensiven, fast unnatürlichen Grünton. Ein ganz leichter Nebel schien über dem See zu hängen und plötzlich fiel ihm auch der Geruch auf: Ein schwacher, aber trotzdem durchdringender, irgendwie ... saurer Geruch, der allmählich zuzunehmen schien.

»Das Wasser ...«, murmelte er.

Trautman warf ihm einen fragenden Blick zu. »Was?«

»Das Wasser!«, wiederholte Mike lauter. »Irgendetwas stimmt mit dem See nicht!«

Trautman folgte seinem Blick, runzelte die Stirn – und wurde plötzlich kreideweiß. »Großer Gott!«, flüsterte er. Gleichzeitig blieb er so abrupt stehen, als wäre er gegen eine unsichtbare Wand geprallt.

»Was bedeutet das?«, fragte Mike erschrocken. »Trautman!«

Trautman antwortete ihm nicht, sondern war mit einem Satz bei Ah'Kal und riss ihn fast grob an der Schulter herum. Zwei oder drei von Ah'Kals Kriegern traten drohend näher, aber Trautman ignorierte sie einfach.

»Geht nicht weiter!«, keuchte er. »Weg vom See! Wir müssen hier weg!«

Ah'Kal sah ihn verwirrt an. »Ich verstehe nicht –«

»Ich erkläre es euch, aber später!«, unterbrach ihn Trautman. »Jetzt müssen wir hier weg! Schnell! Wir werden alle sterben, wenn wir dem See zu nahe kommen!«

Ah'Kal sah ihn zweifelnd an. »Dieser See ist der Spender unseres Lebens.«

»Und das wird er auch wieder«, sagte Trautman gehetzt. »Aber nicht jetzt! Er bringt den Tod, bitte glaub mir!«

Ah'Kal wirkte nicht überzeugt, doch vielleicht zum ersten Mal, seit dieses Chaos begonnen hatte, kam ihnen das Schicksal zu Hilfe.

Auf der anderen Seite des Sees erklang ein schrilles Bellen und als Mike in die entsprechende Richtung sah, erblickte er einen kleinen Hund, der kläffend am Seeufer entlang auf sie zugeeilt kam; wahrscheinlich gehörte er einem der Insulaner, war aber von ihm getrennt worden, als der Sturm losbrach.

Er kam nur wenige Schritte weit.

Mike sah genau, was geschah. Der Hund rannte schwanzwedelnd auf sie zu und kam dabei dem See so nahe, dass das grün schimmernde Wasser unter seinen Pfoten aufspritzte. Kaum aber war er in den Bereich des unheimlichen Nebels eingedrungen, der von der Oberfläche des Sees aufstieg, da hörte er auf, mit dem Schwanz zu wedeln. Seine Schritte wurden unsicher. Er stolperte, fiel hin, rappelte sich mühsam wieder hoch und stolperte wieder. Aus seinem freudigen Kläffen wurde ein Jaulen, dann ein schwächer werdendes Wimmern. Er stolperte wieder, fiel hin und blieb schließlich reglos liegen. Mike wusste sofort, dass er tot war.

»Ogdy!«, flüsterte Ah'Kal entsetzt. »Das hat nichts mit eurem Gott zu tun«, sagte Trautman brutal. »Aber wir werden alle sterben, wenn wir hier bleiben!«

Ah'Kal ließ noch eine endlose Sekunde verstreichen, aber dann nickte er grimmig, drehte sich auf der Stelle herum und machte eine befehlende Geste und sein gesamter Stamm wandte sich um und entfernte sich wieder vom Kratersee. Erst als sie wieder gute hundert oder hundertfünfzig Schritte weit den Berg hinaufgestürmt waren, blieben sie stehen.

Mike verspürte erneut ein kurzes, aber eisiges Frösteln, als er zum See hinabblickte. Aus der Höhe betrachtet wirkte er noch viel unheimlicher. Die giftgrüne Färbung des Wassers schien noch viel intensiver geworden zu sein und die Nebelschwaden, die von seiner Oberfläche aufstiegen, wirkten viel dichter, fast wie rauchige Arme, die mit unsicheren, blinden Bewegungen nach neuen Opfern tasteten.

»Was ... was ist das?«, murmelte Mike entsetzt.

»Gas«, antwortete Trautman hart. »Das Wasser hat seine chemische Zusammensetzung geändert. Es ist jetzt eine tödliche Säure. Wenn du hineinspringen würdest, würde es dir in ein paar Sekunden das Fleisch von den Knochen ätzen! Außerdem setzt der See ein tödliches Gas frei – wie wir ja gerade mit eigenen Augen gesehen haben.«

»Aber ... aber wie ist denn das möglich?!«, fragte Serena stockend.

»So ungewöhnlich ist das gar nicht«, antwortete Trautman. »So etwas passiert oft, bevor oder nachdem ein Vulkan ausbricht. Es hat schon hunderte von Toten in solchen Fällen gegeben.« Seine Miene verdüsterte sich. »Wäre es hier nicht so vollkommen windstill, dann wären wir alle jetzt vielleicht auch schon tot. Du hast gesehen, wie schnell das Gas wirkt! Ich begreife nicht, wieso uns Delamere nicht gewarnt hat! Er hätte es sofort sehen müssen!«

»Wo ist er überhaupt?«, fragte Serena.

»Jacques?« Mike sah sich suchend um, zuckte aber nur mit den Schultern. »Keine Ahnung.« Wenn er es recht bedachte, hatte er ihn gar nicht mehr gesehen, seit sie den Krater verlassen hatten. Genauer gesagt: Seit sie die Höhle verlassen hatten.

»Wie lange wird das andauern?«, fragte Serena und deutete auf den See.

Als Trautman antworten wollte, zitterte der Boden unter ihren Füßen; ganz sacht nur, aber spürbar.

Und in der nächsten Sekunde kam auch in die Oberfläche des Sees Bewegung. Wellen kräuselten das Wasser, dann stiegen eine Anzahl faustgroßer, ölig schimmernder Blasen an seine Oberfläche und zerplatzten. Aus ihrem Inneren drang grauer Dunst, der sich mit der trägen Nebelschicht verband, die über dem See schwebte. Und was das Schlimmste war: Mike spürte eine ganz sanfte, warme Berührung im Gesicht.

Wind.

Die Luft war nicht mehr still. Vom Meer her war ein ganz leichter Wind aufgekommen. Der Gasnebel über dem See begann sich zu bewegen. Noch sehr langsam. Der Wind hatte noch nicht genug Kraft, das Gas, das viel schwerer war als Luft, nennenswert zu bewegen, aber wenn er auch nur ein bisschen zunahm, dann würde er die tödlichen grauen Schwaden genau in ihre Richtung treiben!

Trautman hatte die Gefahr wohl im selben Moment begriffen wie er, denn er wandte sich mit einem erschrockenen Laut an Ah'Kal und deutete gleichzeitig zum Krater hinauf. »Wir müssen hier weg!«, keuchte er. »Schnell! Wenn der Wind zunimmt, dann werden wir alle sterben!«

Ah'Kal reagierte im ersten Moment gar nicht. Sekunden vergingen, in denen er nichts tat als dazustehen und aus aufgerissenen Augen auf die grauen Schwaden über dem See zu starren. Seine Lippen zitterten. »Ogdy hat unsere Gebete nicht erhört«, flüsterte er. »Aber warum? Was haben wir falsch gemacht? Warum zürnt Ogdy seinen Kindern?«

Mike blickte mit klopfendem Herzen weiter auf den See hinab. Die graue Nebelbank wuchs so schnell, dass man dabei zusehen konnte. Wogende Ausläufer des Nebels griffen wie Schlangenarme mit unzähligen Fingern auf das Ufer hinauf und begannen sich in ihre Richtung zu tasten. Der Wind nahm zu.

»Ah'Kal, bitte!«, sagte Trautman eindringlich. »Es sind nicht eure Götter, die euch zürnen. Das da ist nur eine Naturkraft, die außer Kontrolle geraten ist, glaub mir! Ich kann es dir erklären, aber es geht nicht, wenn wir alle tot sind!«

Der alte Häuptling sah ihn traurig an. »Warum müsst ihr immer an allem zweifeln?«, fragte er. »Selbst wenn ihr es mit eigenen Augen seht? Was sind die Götter anderes als die Kräfte der Natur?«

»Vielleicht hast du sogar Recht«, sagte Serena hastig. »Doch selbst wenn es so ist, kann es nicht der Wille eurer Götter sein, dass ihr einfach aufgebt und auf den Tod wartet! Ogdy hat euch nicht verschont, damit ihr resigniert, sondern damit ihr um euer Leben kämpft!«

Noch einmal zögerte Ah'Kal und sah Serena lange und durchdringend an. Schließlich senkte er den Kopf zu einem schweren, aber entschiedenen Nicken. »Du hast Recht«, sagte er. »Es ist nicht Ogdys Wille, dass wir hier auf den Tod warten. Wäre es das, hätte er uns schon oben am Heiligen See getötet.«

»Worauf warten wir dann noch?«, fragte Trautman. »Wir müssen zurück zum Krater! Dort oben kann uns das Gas nicht erreichen!«

Endlich setzten sie sich in Bewegung. Es kam Mike fast absurd vor, dass sie nun denselben Weg wieder hinaufrannten, den sie gerade erst vorsichtig hinunterbalanciert waren. Und auch Ogdy – oder wer auch immer die Regie in diesem Drama führte – schien nicht unbedingt damit einverstanden zu sein. Der Berg zitterte noch immer. Mike war nicht sicher, ob das Zittern wirklich zugenommen hatte oder er es sich nur einbildete, aber er war jetzt vollkommen sicher, ein dumpfes Grollen und Knirschen zu hören, das tief aus dem Schoß der Erde heraufdrang; als zerbrächen dort unten Felsen von der Größe einer Stadt. Oder als versuche etwas, sich mit unwiderstehlicher Gewalt seinen Weg zur Erdoberfläche hinaufzubahnen ...

Mike sah wieder nach Norden. Die beiden Rauchsäulen am Horizont hatten sich nicht verändert. Aber er hatte ja schon mehr als einmal erlebt, wie jäh die Erde wieder beginnen konnte Feuer zu speien. Er fragte sich, was sie tun sollten, wenn der giftige Atem des Sees sie auch dort oben am Krater erreichen sollte – oder der zweite Kratersee im Inneren des Berges ebenfalls anfing giftiges Gas zu speien. Wo war nur Jacques? Delamere hätte ihnen vielleicht sagen können, was sie tun mussten um in Sicherheit zu sein. Aber der Vulkanologe war und blieb verschwunden.

Sie erreichten wieder den Gipfel des Vulkans. Mike erschrak, als er in den Krater hinabblickte. Auch das Wasser des zweiten Kratersees schimmerte in einem unheimlichen, giftigen Grün, über dem eine dunstige Nebelschicht hing. Sie war nicht annähernd so dicht wie die unten und sie wuchs auch nicht in so erschreckendem Tempo, aber Mike zweifelte nicht daran, dass sie trotzdem genauso tödlich war. Hier würden sie keinen Schutz finden.

Sein Blick irrte verzweifelt umher. Der Wind hatte weiter zugenommen und trieb den tödlichen Nebel rascher den Berg hinauf. Was sollten sie tun, wenn er tatsächlich bis hierher kam? Das Schicksal des Hundes hatte ihnen deutlich gezeigt, wie schnell das Gas wirkte ...

»Um Gottes willen!«, keuchte Serena plötzlich. »Da! Delamere!«

Ihr ausgestreckter Arm deutete in den Krater hinab, und als Mikes Blick der Geste folgte, stockte auch ihm für einen Moment der Atem.

Jacques war genau in diesem Augenblick aus der Höhle getreten, in der sie vorhin alle gemeinsam Schutz gesucht hatten. Seine Hände und Arme waren bis über die Ellbogen hinauf mit Schlamm verschmiert. Er erstarrte, als er den See sah. Auf seinem Gesicht erschien ein Ausdruck puren Entsetzens.

»Aber natürlich ...«, murmelte Trautman. Er machte eine Bewegung, als wolle er sich mit der Hand auf die Stirn schlagen, führte sie aber nicht zu Ende. »Blauer Ton! Warum habe ich es nicht gleich begriffen?!«

»Blauer Ton?«, wunderte sich Mike.

»Später!« Trautman winkte ab, bildete mit beiden Händen einen Trichter vor dem Mund und schrie aus Leibeskräften: »Jacques! Kommen Sie her! Schnell! Das Gas kommt den Berg herauf!«

Es war nicht einmal zu erkennen, ob Delamere seine Worte überhaupt hörte oder die Gefahr, in der er schwebte, in diesem Moment von selbst begriff. Auf jeden Fall fuhr er plötzlich herum, stürmte ein paar Schritte den Hang hinauf und wandte sich dann in ihre Richtung.

Der Berg bebte, schüttelte Delamere ab wie ein Hund ein lästiges Insekt und stieß ein unheimliches, knirschendes Grollen aus. Mike behielt nur mit großer Mühe das Gleichgewicht, sah aber, wie Jacques hilflos wieder in den Krater hinunterkugelte und schließlich mit einem gewaltigen Platschen im Wasser landete.

Aber das Wunder geschah: Delamere musste wohl geistesgegenwärtig genug gewesen sein, den Atem anzuhalten, denn er sprang nach kaum einer halben Sekunde wieder auf die Füße und rettete sich mit einem gewaltigen Satz ans Ufer. Seine Hosenbeine qualmten. Das Wasser, das sich in ätzende Säure verwandelt hatte, begann den Stoff aufzulösen und Mike wagte sich gar nicht vorzustellen, wie Jacques' Beine darunter aussahen. Trotzdem rannte Delamere, so schnell er konnte, um den See herum. Seine Beine verschwanden dabei bis über die Knie in grauem Nebel, der nun auch aus diesem See immer schneller emporstieg, aber da das Gas schwerer als Luft war, blieb er von seiner tödlichen Wirkung noch verschont.

»Verschwindet!«, schrie er. »Rettet euch! Der Vulkan bricht aus!«

Wie um seine Worte zu bestätigen, erbebte die Insel in diesem Augenblick unter einem weiteren, noch heftigeren Schlag. Diesmal wurde Mike von den Füßen gerissen und nur Singhs rasches Zugreifen bewahrte ihn davor, zu Delamere in den Krater hinuntergeschleudert zu werden. Das Zittern und Beben des Berges hielt an und das Grollen des erwachenden Vulkans war nun so laut, dass eine Verständigung fast unmöglich wurde.

Unter den Pahuma brach endgültig Panik aus. Niemand musste sie mehr auffordern, sich in Sicherheit zu bringen. Ihre Ergebenheit ihrem Feuergott gegenüber reichte wohl doch nicht so weit, dass sie in aller Ruhe stehen blieben und auf Ogdys Gnade vertrauten. Schreiend und in kopfloser Flucht stürmten sie den jenseitigen Hang des Berges hinunter und Delameres Leute schlossen sich ihnen an. Nur Delameres Frau, Mike und die drei anderen blieben noch für einen Moment zurück.

»Rennt!«, brüllte Delamere. »Bringt euch in Sicherheit! Ich schaffe es schon!«

Mike bezweifelte das. Der See hinter Jacques brodelte und zischte mittlerweile wie ein Kochtopf, der zu lange auf dem Herd gestanden hatte, und überall im Fels des Kraterinneren entstanden plötzlich Risse, aus denen Geysire aus kochendem Dampf quollen. Delamere hatte Recht: Der Vulkan brach aus.

»Weg hier!«, schrie Trautman. »Schnell!«

Singh und Serena wandten sich auch sofort um, aber Delameres Frau rührte sich nicht von der Stelle, sondern machte sogar Anstalten, in den Krater hinunter zu ihrem Mann zu klettern. Trautman riss sie gewaltsam zurück, brauchte aber trotzdem noch Singhs Hilfe, um sie dazu zu bewegen, den Kraterrand zu verlassen. Serena und Mike schlossen sich ihnen an, aber nicht, ohne noch einen letzten Blick in den Krater hinunter geworfen zu haben.

Beinahe wünschte sich Mike, es nicht getan zu haben. Der See brodelte und zischte immer heftiger und tief am Grunde des giftgrünen Wassers war ein neues, grellrotes Licht erschienen, das rasend schnell an Intensität zunahm. Delamere hatte bereits die Hälfte des Hanges erklommen, hatte aber auf dem immer heftiger zitternden Boden mehr und mehr Mühe, auf den Beinen zu bleiben. Mike kam sich fast vor wie ein Verräter, ihn einfach im Stich zu lassen. Aber es gab nichts, was sie für ihn tun konnten.

So schnell, wie es der immer heftiger zitternde Boden zuließ, stürmten sie den lavabedeckten Hang hinunter. Das unheimliche Grollen wurde immer lauter und nun mischte sich noch ein immer lauter und schriller werdendes Pfeifen hinein, das ihre Ohren marterte.

Plötzlich wurde das Licht rot. Ein ungeheures Donnern und Krachen erklang und Mike konnte regelrecht spüren, wie die gewaltige Spannung des Berges unter ihren Füßen wich. Im Laufen drehte er den Kopf und sah zum Gipfel zurück.

Er sollte das Bild nie wieder im Leben wirklich vergessen.

Das Gas schien den Vulkankrater mittlerweile vollends auszufüllen und quoll in trägen, schweren Schwaden über seinen Rand, wie Dampf aus einem überquellenden Kochtopf. Wie durch ein Wunder jedoch hatte es Delamere geschafft: Er erschien in genau diesem Moment auf dem Kraterrand, fast bis zu den Hüften in brodelnden Gaswolken watend, aber noch am Leben.

Und dann glühte der Krater hinter ihm in grellem, intensiv rotem Licht auf. Eine gigantische Lavasäule schoss brüllend in den Himmel hinauf. Für den Bruchteil einer Sekunde war Delameres Gestalt noch als schwarze Silhouette vor dem grellglühenden Hintergrund zu sehen, und dann war er einfach verschwunden. Immer mehr und mehr Lava raste über ihnen in den Himmel und statt Gas quollen nun brodelnde Flammen über den Kraterrand.

Mike blickte entsetzt in den Himmel. Die Lava schoss mit der Geschwindigkeit einer Dampflokomotive nach oben, aber sie würde nicht lange dort bleiben. Was sie bisher noch gerettet hatte, war die schiere Wucht des Ausbruchs, der die Lavabrocken weit über sie hinwegschleuderte, sodass die ersten Trümmer fast am Fuße des Berges niederkrachten, so weit sie nicht noch weiter geschleudert wurden und weit draußen im Meer einschlugen.

Die Kraft der Eruption nahm immer noch zu. Der Lärm war unvorstellbar und der Boden zitterte und wankte so heftig, dass es Mike immer schwerer fiel, sich auf den Beinen zu halten. Zwei oder drei Schritte unter ihnen stürmten die Insulaner dahin. Immer wieder stürzte einer von ihnen, rappelte sich hoch oder schlitterte sich hilflos überschlagend ein gutes Stück weiter talwärts. Wie durch ein Wunder war noch immer niemand ernsthaft zu Schaden gekommen, aber Mike war klar, dass diese Glückssträhne nicht mehr ewig anhalten konnte. Und selbst wenn – er fragte sich voller neuem, plötzlichem Schrecken, wohin sie sich eigentlich wenden wollten? Der Vulkan grenzte an dieser Seite der Insel unmittelbar ans Meer. Es gab nichts, wohin sie flüchten konnten.

Trotzdem rannten sie weiter, so schnell sie es wagten, um auf dem abschüssigen Grund nicht den Halt zu verlieren. Serena stürmte unmittelbar neben Mike einher, während Trautman und Singh ein paar Schritte zurückgefallen waren um Delameres Frau zu stützen. Sie versuchte jetzt zwar nicht mehr sich loszureißen und zum Krater zurückzulaufen, doch dafür schien sämtliche Kraft aus ihr gewichen zu sein. Trautman und Singh mussten sie richtig vorwärts ziehen.

Hinter ihm zerriss eine neue, noch gewaltigere Detonation den Berg. Mike sah nach oben und schrie erneut vor Schreck auf, als er sah, dass ein ganzer Teil des Kraterrandes zusammengebrochen war. Zerborstene, rot und weiß glühende Felstrümmer begannen hinter ihnen den Berg herabzustürzen, manche langsam und in großen, dröhnenden Lawinen, andere so schnell wie Geschosse, sodass es kaum noch möglich schien, ihren Kurs vorauszuberechnen und ihnen auszuweichen. Einer der rot glühenden Brocken verfehlte Mike so knapp, dass ihn die Hitze aufschreien ließ, ein anderer streifte Serenas Kleid und setzte seinen Saum in Brand, obwohl er ihn kaum berührte. Die Pahuma spritzten in Panik auseinander, als die tödliche Steinlawine in ihre Reihen fuhr. Mike konnte nicht erkennen, ob es auch diesmal allen gelang, sich noch rechtzeitig in Sicherheit zu bringen.

Über ihnen begann sich der Kraterrand in immer rascherem Tempo aufzulösen. Der größte Teil der Felstrümmer rutschte nach rechts und links ab und würde nicht einmal in ihre Nähe kommen, aber schon drohte die nächste Gefahr: Der Vulkan hörte auf Feuer und kochende Lava in die Luft zu schleudern, doch durch die Lücke im Kraterrand schob sich jetzt eine träge, grellglühende Woge aus geschmolzenem Gestein. Sie schien sich nur langsam zu bewegen, aber Mike wusste, wie sehr dieser Eindruck täuschte. Wenn die Lava erst einmal mit ganzer Kraft aus dem Krater herausbrach, würde sie rasch schneller werden und schließlich mit einem Tempo von zwei- oder dreihundert Kilometern zu Tal rasen.

Es wurde immer dunkler und der Lärm nahm immer noch weiter zu, auch wenn Mike das noch vor wenigen Sekunden für unmöglich gehalten hätte. Der Himmel bezog sich so schnell mit schwarzen, brodelnden Wolken, als hätte jemand die Sonne abgeschaltet. Das einzige Licht kam von dem Flammen speienden Höllenschlund hinter ihnen, sodass Mike schon nach Sekunden das Gefühl hatte, sich durch einen Albtraum zu bewegen, in dem es nichts als vollkommene Schwärze, aufloderndes grelles Licht und grotesk verzerrte, hüpfende Schatten gab. Glutflüssige, bizarr geformte Finger aus Lava brodelten aus dem zerborstenen Kraterrand und der Boden, über den sie sich bewegten, wurde immer heißer. An einigen Stellen brach der Felsen auf und kochend heißer Dampf oder rot glühendes Gestein spritzten heraus. Mike spürte, wie der vermeintlich so massive Fels unter seinen Schritten zu knirschen begann – und dann zerbrach wie eine Eierschale! Ein fast metergroßes Stück des Bodens löste sich in zahllose Bruchstücke auf und darunter kam ein Strom rot glühender, zähflüssiger Lava zum Vorschein.

Mike schrie vor Schreck und Schmerz laut auf, warf sich verzweifelt nach vorne und prallte mit Gesicht und Händen auf glühend heißen Stein. Für eine endlose, grauenhafte Zehntelsekunde schwebten seine Füße nur Zentimeter über dem brodelnden Lavastrom.

Im buchstäblich allerletzten Moment beugte sich Serena zu ihm herab, krallte die linke Hand in seine Schulter und die rechte in sein Haar und riss ihn mit solcher Kraft in die Höhe, dass er erneut vor Schmerz schrie, gleichzeitig aber auch auf die Füße stolperte. Sein rechter Schuh brannte. Mike raste weiter, so schnell er konnte, stampfte mit aller Kraft mit dem Fuß auf und schaffte es irgendwie, die Flammen zu ersticken, ehe sie seine Haut erreichen und ihn wirklich verletzen konnten.

Und dann war ihre Flucht vorbei. Sie hatten den Fuß des Berges erreicht und unter ihnen lag nichts mehr als ein zehn Meter tiefer, senkrechter Abgrund und das tobende Meer, das an den Klippen zu weißer Gischt auseinander spritzte. Ein Sprung dort hinunter wäre Selbstmord.

Aber welche Wahl hatten sie schon? Mike sah noch einmal zum Krater hinauf und erkannte, dass genau in diesem Moment das geschah, was er schon die ganze Zeit über befürchtet hatte: Der Kraterrand brach endgültig auseinander und eine gewaltige Springflut aus fast weißer Lava ergoss sich über die Flanke des Berges.

»Springt!«, schrie Mike.

Er wich drei, vier Schritte vom Abgrund zurück, raffte all seinen Mut zusammen und rannte los. Im allerletzten Moment schlug seine Panik doch noch zu und versuchte ihn von seinem Vorhaben abzubringen und wahrscheinlich hätte er wirklich versucht anzuhalten, wäre er nicht viel zu schnell dafür gewesen. Mit einem gewaltigen Satz katapultierte er sich selbst über die

Kante, schien für einen unendlich kurzen, grauenhaften Moment reglos in der Luft zu hängen und stürzte dann wie ein Stein in die Tiefe.

Eine Sekunde später durchbrach er die Wasseroberfläche mit der Wucht eines fallenden Steines, tauchte meterweit unter und wartete nur darauf, gegen ein Riff oder den felsigen Meeresboden geschleudert zu werden.

Stattdessen wurde er vom Sog der Wellen ergriffen und nach oben und ein gutes Stück von der Klippe weggezogen, ehe er prustend und nach Luft schnappend wieder durch die Wasseroberfläche brach. Rechts und links von ihm spritzte das Wasser auf, als die anderen seinem Beispiel folgten und das Risiko, in dem tosenden Meer zu ertrinken oder gegen die Klippe geschleudert zu werden, dem sicheren Tod in der Lava vorzogen.

Nach kurzem Suchen entdeckte er Serena nur ein kleines Stück weit entfernt. Trotz allem machte er sich um sie keine Sorgen. Serena schwamm so gut wie ein Fisch. Selbst eine noch viel stärkere Brandung hätte sie nicht in Schwierigkeiten gebracht.

Die Dünung war auch nicht ihr Problem. Die Ebbe hatte eingesetzt, sodass die Wellen sie immer ein kleines Stückchen weiter von der Insel forttrugen, statt sie auf die Klippen zuzuschleudern. Aber nur ein paar hundert Meter über ihnen wälzte sich eine tödliche Lawine aus zwei- oder dreitausend Grad heißer Lava heran. Wenn sie keinen genügend großen Sicherheitsabstand zwischen sich und den Vulkan brachten, dann würden sie entweder von der niederstürzenden Lava getötet oder wenige Minuten danach bei lebendigem Leib gekocht werden.

»Schwimmt!«, schrie Mike mit überschnappender Stimme. »Weg von der Insel! Schwimmt um euer Leben!«

Ihre Chancen, es zu schaffen, waren praktisch gleich null. Mike schwamm so schnell wie nie zuvor in seinem Leben und trotzdem hatte er das Gefühl, nicht von der Stelle zu kommen. Die Lava bewegte sich nicht ganz so schnell, wie er befürchtet hatte, aber immer noch viel, viel schneller, als nötig gewesen wäre, um ihnen auch nur eine hauchdünne Chance zum Überleben zu gewähren.

Sie waren sechzig oder siebzig Meter vom Ufer entfernt, als der Lavastrom die Klippe erreichte.

Trotz der entsetzlichen Gefahr, die er bedeutete, war es ein Anblick von unbeschreiblicher Schönheit. Die Lava erreichte die Klippe und stürzte wie ein Wasserfall aus flüssigem Gold in die Tiefe. Ein strahlendes, unglaublich intensives und trotzdem mildes, goldfarbenes Licht überflutete das Meer und die tiefhängenden Wolken waren plötzlich nicht mehr schwarz, sondern leuchteten in einem intensiven, rotgoldenen Ton.

Eine Sekunde später berührte die Lava das Wasser und die ganze Insel verschwand hinter einem Vorhang aus weißem, brodelndem Dampf. Eine Woge ungeheurer Glut schlug über Mike und den anderen zusammen; so grausam, dass er spürte, wie sich auf seinem Gesicht Brandblasen bildeten und sich seine Haare kräuselten, obwohl er bis zum Hals im Wasser war. Keuchend tauchte er unter, um den brennenden Schmerz auf seinem Gesicht zu löschen.

Und es war immer noch nicht vorbei. Immer mehr und mehr Lava stürzte über die Klippe. Die Hitze wurde unerträglich. Selbst das Wasser wurde heiß und der kochende Dampf schien seine Kehle zu verbrühen, wenn er atmete. Er spürte, wie nun auch der Ozean unter ihnen zu beben begann, als bräche der Meeresboden selbst auseinander. Der Lavastrom wurde immer heftiger. Statt eines Wasserfalls aus geschmolzenem Gestein war es nun eine Lawine, die sich weiter und weiter ins Meer hinein ergoss. Noch ein paar Minuten, begriff Mike, und die Lava würde sie selbst hier draußen erreichen, falls das kochende Wasser und der Dampf sie nicht vorher umbrachten. Wieder hatte Mike das Gefühl, dass sich der Meeresgrund unter ihnen bewegte, und diesmal war es eindeutig keine Einbildung. Etwas Riesiges, unvorstellbar Gewaltiges stieg vom Meeresboden zu ihnen empor – und dann brach ein gigantisches, grün schimmerndes Ungetüm mit Stacheln, Spitzen und riesigen leuchtenden Glotzaugen inmitten eines Berges aus Schaum durch die Meeresoberfläche!

Es war die NAUTILUS. Das riesige Unterseeboot tauchte zwischen ihnen und dem Vulkan aus dem Meer und schützte die schwimmenden Menschen mit ihrem stählernen Leib vor der höllischen Glut, mit der Ogdy versuchte, seine Kinder zu verzehren.

Mike und Singh waren die Letzten, die auf das überfüllte Deck der NAUTILUS hinaufkletterten. Das Schiff hatte sofort begonnen sich langsam von der Klippe zu entfernen, wobei es die im Wasser Schwimmenden mit seinem gewaltigen Rumpf einfach vor sich her schob; eine Vorgehensweise, die extrem gefährlich war, aber auch die einzige Möglichkeit darstellte. Die

NAUTILUS vermochte die Männer und Frauen zwar vor der Lava zu beschützen, aber nicht vor dem kochenden Wasser, das sich rings um sie herum allmählich in Dampf zu verwandeln schien.

Als Mike sich mit allerletzter Kraft auf das Schiff hinaufzog, war die NAUTILUS schon fast eine halbe Meile von der Insel entfernt. Selbst hier war das Wasser bereits so warm, dass seine Oberfläche dampfte. Das Toben des Vulkans hatte noch mehr an Wut zugenommen. Der Krater glühte in einem grellen, unheimlichen Rot und spie immer mehr und mehr Lava. Mike war nicht sicher, ob Hathi ebenso spurlos von der Meeresoberfläche verschwinden würde wie die Insel, auf der sie Delamere gefunden hatten, aber allein der Anblick des Flammen speienden Kraters machte ihm klar, dass es sehr, sehr lange dauern würde, bis auf dieser Insel wieder Menschen leben konnten; wenn überhaupt. Sie würden eine neue Heimat für die Pahuma finden müssen.

Im Moment war er aber einfach nur froh, noch am Leben zu sein. Jemand hatte ihm die Hand entgegengestreckt und ihm auf das Deck hinaufgeholfen, aber er hatte nicht einmal die Kraft, sich nach seinem Retter umzusehen. Zu Tode erschöpft sank er auf Hände und Knie, schloss die Augen und genoss für einige Sekunden nichts anderes als das wunderbare Gefühl, einfach ein- und ausatmen zu können, ohne das Gefühl zu haben, geschmolzenes Glas in die Lungen zu saugen.

Als er endlich wieder den Kopf heben konnte, blickte er in ein pelziges schwarzes Gesicht, aus dem ihm ein einzelnes, gelbes Auge entgegensah.

Das ist wieder mal typisch, sagte Astaroths Stimme in seinen

Gedanken. *Du warst wieder einmal der Letzte. Konntest du dir keine bessere Gelegenheit aussuchen, um ein Dampfbad zu nehmen?*

»Sehr witzig«, murmelte Mike. »Erklär mir lieber, wo du warst. Ich hätte dich gebraucht, weißt du?«

»Sei lieber froh, dass er nicht bei euch geblieben ist«, sagte eine Stimme hinter ihm. »Ohne Astaroth wärt ihr jetzt alle Fischsuppe.«

Mike drehte den Kopf und sah in Bens Gesicht und erst nach einigen Sekunden fand er überhaupt die Kraft zu antworten. »Ben? Wie ... wo seid ihr so plötzlich hergekommen? Die Sprechgeräte –«

»– funktionieren nicht, ich weiß.« Ben deutete mit einer Kopfbewegung auf Astaroth. »Bedank dich bei ihm. Er kam plötzlich angeschwommen und hat sich so lange wie verrückt aufgeführt, bis wir hierher gekommen sind.«

»Ihr?«, murmelte Mike. »Soll das heißen ... du hast die NAUTILUS hierher manövriert? Das war –«

»Ich weiß, dass ich nicht so gut bin wie Trautman, aber ich musste es versuchen.« Er grinste. »Ich konnte ja schlecht zusehen, wie ihr gekocht werdet, oder? Auch wenn die Verlockung für ein paar Momente ziemlich groß war, wie ich zugeben muss.«

»Nur keine falsche Bescheidenheit.« Trautman kam heran, nickte Mike kurz zu und wandte sich dann mit einem eindeutig anerkennenden Blick wieder an Ben. »Das war genial, Ben. Besser hätte ich es auch nicht gekonnt.«

»Man tut, was man kann«, grinste Ben, wurde aber sofort

wieder ernst. »Das war verdammt knapp. Ist jemand zu Schaden gekommen?«

»Einige Pahuma sind ziemlich schwer verletzt«, sagte Trautman ernst. »Aber sie werden es wohl überleben. Soweit ich das bis jetzt beurteilen kann, gibt es wohl nur einen einzigen Toten.«

»Delamere.« Ben nickte düster. »Wir haben es gesehen ... Ich verstehe nur nicht, warum um alles in der Welt er das getan hat! Wenn überhaupt, dann hätte er doch wissen müssen, wie gefährlich es ist!«

»Das wusste er auch«, sagte Trautman. »Ich hätte ahnen müssen, was er tut. Spätestens als ich den Krater gesehen habe.«

»Wieso?«, fragte Mike. Er erinnerte sich plötzlich wieder an den betroffenen Ausdruck auf Trautmans Gesicht, als er Jacques im Höhleneingang erblickt hatte.

»Blauer Ton«, sagte Trautman. »Ich weiß nicht, ob es dir aufgefallen ist, aber die Tonerde im Inneren des Kraters war blau.«

»Und?«, fragte Ben.

»Diamanten«, sagte Trautman. »In blauem Ton findet man Diamanten. Deshalb ist er noch einmal zurückgegangen. Ich glaube sogar, dass er aus diesem Grund schon das erste Mal dort hinaufgegangen ist – obwohl er wusste, dass er damit die Gesetze der Pahuma bricht.«

»So ein Wahnsinn!«, murmelte Ben.

»Ja«, sagte Trautman. »Er hat mit seinem Leben dafür bezahlt, aber ich glaube nicht, dass wir das Recht haben, über ihn zu urteilen.«

Dem konnte Mike nur zustimmen. Was Jacques getan hatte,

war Wahnsinn gewesen, aber er hatte auch den höchsten Preis dafür gezahlt, den ein Mensch überhaupt zu zahlen im Stande war.

Der Berg spie noch immer Feuer und der Tag war zum zweiten Mal einer sternenlosen, viel zu früh hereingebrochenen Nacht gewichen. Während er den Feuer speienden Berg ansah, musste er plötzlich wieder an das denken, was der alte Häuptling der Pahuma über seine Götter und die Natur gesagt hatte.

Was, dachte er, wenn Ah'Kal Recht gehabt hatte? Wenn all dies wirklich das Ergebnis des Frevels gewesen war, den Delamere begangen hatte? Und wenn das Wort Gott nicht nur einfach ein anderer Ausdruck für das Wirken der Natur war, sondern vielleicht auch umgekehrt, das Wirken scheinbar willkürlicher Naturkräfte vielleicht doch Ausdruck einer anderen, den Menschen auf immer unverständlich bleibenden, aber bewussten Kraft?

Natürlich waren solche Gedanken müßig. Er konnte sich den Kopf darüber zerbrechen, solange er wollte, und würde trotzdem niemals zu einer Antwort gelangen.

Und wenn er ganz ehrlich war, dann wollte er das auch gar nicht.